U0028533

不適合交換殺人的夜晚

東川篤哉

Higashigawa Tokuya

目次

【深夜篇】

【拂曉篇】

序章

有人在跟蹤。

這是我的直覺。地點是奧床市中心的商店街。我到西服店領取訂製的東西，正要回到停車場的自用車時察覺這件事。我剛開始以為是多心，但似乎不是如此。我刻意沒進入停車場，注意身後的動靜。我停在商店外面欣賞櫥窗；進入便利商店只逛一圈就離開；經過路邊工讀生前面，接著像是忽然改變主意般掉頭，拿一包《二十四小時現金借貸》的面紙。像這樣做各種事之後，我得知「陌生人在跟蹤我」的意外事實。但對方究竟是誰？基於何種目的？我捫心自問也沒有底。

總不會是警察吧？

我全速運轉大腦思考對策。對方似乎是單一男性，應該不難甩開，但這樣無法確認對方身分與目的。對方是基於某種意圖糾纏，所以我要是沒釐清真相會不太舒服。那麼，該怎麼做？

乾脆等對方主動接近？

我抱持這樣的期待，進入一間小鋼珠店，刻意挑選沒什麼客人的一角，單獨坐著打起小鋼珠。現在是非假日的白天，店裡很冷清，但這裡是小鋼珠店，機臺發出「叭叭啦叭～！」的廉價電子聲、小鋼珠發出「噹，唰啦唰啦！」的撞擊聲、擴音器發出「本日大放送！」的假惺惺通知。我最近幾乎沒玩小鋼珠，不過久違玩一次就對這種刺耳的聲音不敢領教。真是的，這種玩意兒究竟是誰的點子！

「那個，方便請教一下嗎？」

「慢著慢著！差一號了，差一號！好，出6吧，6，6，6，6～！」

「抱、抱歉打擾了……」

「你等等。」我板著臉注視液晶螢幕顯示的「656」數列，向身旁男性開口。「既然有事找我，我就聽聽你怎麼說吧。究竟有什麼事？你為什麼跟蹤我？」

我率直的語氣似乎令男性不知所措，他以困惑的表情環視店內。

「在這裡很難說清楚……」

「確實很吵，麻煩大聲一點。」

接著男性並非提高音量，而是湊到我的耳際，簡短說出這句話。

「其實是關於交換殺人的事……」

【開端篇】

鵜飼杜夫偵探事務所（鵜飼・朱美）

「烏賊川市」——這裡是確實位於關東某處的一座城市。主要開發為捕撈烏賊的據點，是烏賊漁獲量首屈一指的水產都市。流經市中心的一級河川「烏賊川」，據說源流來自富士山，甚至達到筑波山麓。

不過，這座城市近年來發生許多離奇案件而令人頭痛。

這裡是烏賊川市的一隅。從車站後站徒步十幾分鐘，會抵達老舊大廈與色情行業密集林立的低俗市區。這裡連續十年位居「烏賊川市再造計畫最重要地區」的光榮地位，巷弄在地面描繪複雜的幾何圖樣，半斤八兩的建築物群朝天比高。其中一棟較低的住商綜合大樓，名為「黎明大廈」。

鵜飼杜夫在這棟大廈四樓的其中一間，掛起「鵜飼杜夫偵探事務所」的招牌，是全天候等待客人光臨的私家偵探。他的宗旨是「貧困生活」與「豐富推理」的結合，換言之，他是個高明的窮偵探。

時間是剛過年的一月四日。今年第一位委託人輕敲偵探事務所的門。是女性。身穿淡藍色短上衣與窄裙、胸前掛著閃亮的珍珠項鍊、再披上一件米色大衣。這樣的打扮絕對不算花俏，卻具備吸引旁人的成熟魅力。女性以高雅動作低頭致意。

「聽說這裡是值得信賴的偵探事務所。」

「小姐您好，請進。」

鵜飼親切招呼委託人入內，以裝模作樣的動作遞出名片。名片頭銜是「偵探事務所所長」，除了姓名還印上地址、電話與傳真號碼。沒有手機號碼，但並非因為他窮到沒手機。

上次遺失手機而換新時，他揮淚將印著舊手機號碼的大量名片作廢。他由這個傷心的經驗學習到一件事：在名片印手機號碼，會成為意料之外的開銷。

委託人隨意看了偵探名片一眼。

「很抱歉，我沒名片。」她說完低下頭，以清澈至極的聲音自我介紹。「我叫做善通寺咲子。」

鵜飼立刻邀委託人坐下，貼心詢問「要喝咖啡還是日本茶？」，但偵探聽到這位婦人要求「請給我日本茶」之後臉色鐵青，總之回應「明白了」前往廚房，打手機給住在樓上的美女求助。

「啊，朱美小姐嗎？大事不妙，事態緊急，拜託幫個忙。」

『什麼啊？怎麼回事？』

「麻煩借我茶壺，還有茶葉。不，乾脆請妳幫忙泡茶吧，我會很感激的。」

鵜飼是咖啡派，事務所完全沒有泡日本茶的器具。

『真是的。』朱美在電話另一頭誇張嘆口氣，卻出乎意料地溫柔回應。『好吧，你燒開水等我過去。』

朱美小姐也有優點啊……鵜飼如此感謝，並且聽話的以水壺燒水。等待數分鐘後，朱美出現在偵探事務所，將茶壺、茶筒與三個茶杯塞給鵜飼說「再來你自己處理」。她出乎意料地不溫柔。

然後，鵜飼留在廚房，朱美則是和坐在事務所沙發的委託人見面。朱美自稱「偵探事務所的老闆二宮朱美」。其實她只不過是這棟大廈的屋主，和偵探事務所毫無關聯，不過總是欠繳房租的窮偵探，在這名美女面前抬不起頭。基於這個現狀，朱美可以盡情把自己當成這間事務所的女所長。

「話說回來，您是從哪裡打聽到這間偵探事務所？」

朱美問完，善通寺咲子立刻從手上包包取出褐色信封。「請看這個。」

取出信封裡的信一看，是十乘寺食品總裁——十乘寺十三的親筆信函。十乘寺十三是鵜飼之前解決某命案時的相關人士，也是過度讚賞鵜飼偵探實力的富裕老翁。

信的內容以「恭賀新年」的新年問候開頭，接著是「上次的命案備受您的照顧」這段去年的感謝，然後是「我好友善通寺咲子也請您多多關照」這段今年的委託，最後以「期待您大展身手」做結。

是簡潔又掌握要點的文章。

「是賀年卡吧？」朱美說。

「是介紹信。」咲子說。

「我看看。」鵜飼從旁邊搶過信，將放了三個茶杯的托盤擺在桌上。

「嗯，原來如此，當成賀年卡或是介紹信都說得通。哎呀，最後還有一段補充：

『記得我的孫女櫻嗎？雖然她本人堅決否認，不過就我所見，櫻似乎喜歡上某個人，是不是該請名偵探鵜飼調查一下？沒事，開玩笑的。』看來十三先生還是一樣寵愛櫻小姐。」

「總覺得好可憐。」朱美拿起茶杯喝茶，輕聲說出真心話。「櫻小姐的心上人是流平吧？那位老爺爺知道之後會昏倒。」

「下次見面再告訴他吧。」鵜飼隨口回應，轉身面向愣住的委託人說明。「啊，剛才說的流平，是我的徒弟戶村流平，總之算是助手。依照委託內容，夫人應該也可能見到他……話說方便稱呼您『夫人』嗎？看您左手無名指戴著鑽戒。」

「是的，當然可以。」善通寺咲子回應之後，立刻述說委託內容。「我和外子結婚不到一年，算是新婚，沒有小孩，住在深山的宅邸。不過，其實外子最近怪怪的，該說換了一個人嗎……我擔心他可能有外遇。」

「喔，您先生可能外遇啊。話說您先生是怎樣的人？」

委託人聽到偵探詢問，露出驚覺的表情，接著難為情般微微低頭。「抱歉還沒說明。外子是畫家善通寺春彥。或許該形容是西洋畫家——善通寺善彥大師的兒子。」

善通寺善彥是美術課本也列名介紹的知名畫家。雖然不確定他兒子春彥的名字是否也列入課本，但即使沒列入課本，畫家依然是畫家、外遇依然是外遇、工作依然是工作。鵜飼立刻詢問詳情。

「麻煩具體陳述您懷疑丈夫外遇的根據。」

善通寺咲子依照要求，痛切陳述丈夫最近出現何種變化。像是「不再稱讚她的料理」、「換髮型也沒察覺」、「講話也心不在焉」、「態度莫名冷漠」、「簡單來說就是不再溫柔」等等。她述說頗為平凡無奇的不平與不滿之後，在最後補充一句「最近似乎也沒在作畫」。

「喔，沒在作畫……」偵探對委託人最後這句話特別感興趣，輕聲說「有趣」兩個字之後，開門見山地詢問。「所以關於對方女性，您心裡有底嗎？」

善通寺咲子筆直注視偵探，說出「遠山真里子」這個女性姓名。

「遠山真里子。這位女性的身分與狀況是？」

「是外子的遠親。其實她原本就讀關西的大學，卻因為想在這裡就業，大約兩個月前借住在善通寺宅邸以便求職。」

出乎意料的事實，使偵探微微揚起眉頭。

「那麼，她和您先生住在同一個屋簷下？」

「是的。」善通寺咲子大幅點頭，微微嘆息。「我就是頭痛這件事。說不定我像這樣離家的這時候，他們也……」

「確實令人頭痛。」鵜飼自己也露出困惑的表情詢問。「簡單來說，夫人希望我怎麼做？」

善通寺咲子隨即像是預先準備好臺詞，提出具體的委託。

「一月二十日週六，我這天基於某些原因無法回家，家裡只有外子與遠山真里子兩人。所以務必請您當天來家裡。這邊會適當編個藉口，麻煩您了。」

善通寺咲子以求助的視線注視鵜飼，並且補充極具效果的一句話。

「我當然會準備豐厚的報酬。」

十乘寺櫻再度登場（流平．櫻）

鵜飼偵探事務所的見習偵探——戶村流平，在自家公寓房內瞪著行程表。不久，流平放鬆嘴角，口中發出「嘿嘿嘿」的笑聲，這場互瞪比賽由行程表獲勝。不過流平打從一開始就沒勝算，因為至今還沒發明逗行程表笑的方法。

流平當然不是看著行程表的空白頁面笑，上頭寫滿接下來兩週的行程。在連鎖餐廳打工、在便利商店打工、在工地打工，從早上打工到早上，總之就是打工又打工，除了週日幾乎塞滿打工。

「不過，這哪裡像是偵探的行程？」

流平看著堪稱莽撞的行程表，像是自嘲般低語。實際站在外人立場，這怎麼看都是打工族的行程。但是請不用擔心，眼前的行程表乍看和打工族沒有兩樣，其實卻有明顯的差異。這週末——一月二十日週六的欄位，以粗大的字體寫著「潛入某宅邸調查」。是「潛入調查」。只是一介打工族的他，即使會排入「問卷調查」或「街頭調查」的行程，也不可能排入「潛入調查」的行程。即使只從這一點，也能清楚看出他的正職是見習偵探。

那麼，他這個偵探為什麼以打工排滿行程？理由頗為平凡。這是為了賺取買車的頭期款。夢想中的自用車。流平也是因而不禁笑逐顏開。

「因為，雖說是見習或暫稱，自稱偵探的人必須有車才體面。」

首先從形式著手。雖然草率，卻是他的作風。可以的話最好買進口車。實際上，他的師父鵜飼就是沒有自知之明，開著法國製造的雷諾（雷諾也大多來自法國）。

此時，流平的家用電話響了。

流平隨手拿起話筒，傳入他耳中的，是出乎意料如同銀鈴的嬌憐聲音。

『抱歉唐突打電話叨擾，那個……不曉得您是否記得。沒關係，即使不記得也無可奈何，畢竟半年多沒聯絡了……請問您是戸村大人吧？』

「戸村……大人？」大概是惡作劇電話，但語氣真恭敬。「您是哪位？」

『抱歉還沒自我介紹，敝姓十乘寺。』

「櫻、櫻小姐？」火熱電流竄過流平背脊。「妳、妳好，好久不見，我是戸村流平，我當然記得！」

流平不可能忘記。回想起來，自己是在十乘寺家遭遇的命案當中認識她。即使案件本身的記憶變淡，對她留下的強烈印象也一如往昔。當時是洋溢初夏芳香的新綠五月。給人清純又華美印象的純白連身裙；裝飾著黑色美麗長髮、隨風飄揚的緞帶；撐在頭上如同當成飾品的陽傘；展現少女的嬌羞之後，從看不見的死角施展的重擊……即使是遭受《現代用語基礎知識》毆打的記憶，如今也成為流平甜美的回憶。「時間」造成的風化作用實在恐怖。

流平沉浸於這些回憶時，耳際傳來櫻出乎意料的話語。

『唐突提出這件事，我實在是過意不去，其實我希望戸村大人陪伴我。』

「……」流平理所當然誤以為櫻希望和他交往。「真、真的……」

但他只能誤會短短數秒。櫻下一句話粉碎了流平幸福的誤會。

『其實是想請您陪伴我購物。』

什麼嘛，原來「陪伴」指的是買東西。哼，就知道是這麼回事。

『……不行嗎？』

「樂意之至～！」流平的回應如同連鎖居酒屋的工讀生。「太重的東西請儘管交給我拿！」

『不是那樣，那個，並不是想請您幫忙提重物才邀請您，只是因為要買的東西有點特別……』

「有點特別？」

『是的。您知道「中谷SV8」嗎？』

「『中谷SV8』……我聽過。記得是早期的八毫米攝影機，現在是古董。」

『哇，不愧是戶村大人，居然知道。』

「沒什麼，只是湊巧。我學生時代稍微碰過。」

戶村流平擁有「烏賊川市立大學電影系肄業」的輝煌經歷，所以還算熟悉這種東西。話說回來，櫻居然會提到中谷公司製作的八毫米攝影機，挺神奇的。

『那麼，您知道鶴見街的「井上攝影商會」嗎？』

「這麼說來，我有點印象。」

鶴見街如今是蕭條的商店街，記得那裡有一間即將倒閉的攝影器材行。

「櫻小姐要到那間店買八毫米攝影機啊。究竟為什麼？」

櫻說明事情的經緯。

『不是我想買，是我一位老朋友想買。前幾天，這位朋友打電話說：「我一定要買到井上攝影商會櫥窗裡那臺中谷ＳＶ８，可以幫我買嗎？」我就這麼答應委託，但我沒買過八毫米攝影機，莫名有點害怕，而且萬一買錯也對不起朋友。所以我覺得戶村大人肯定對這方面很熟，希望您方便的話陪我去買。』

原來如此，流平懂了。櫻看起來不擅長玩機器，何況八毫米攝影機是舊時代的遺物，就像是彌生時代的人去買繩文時代的陶器。這下子自己非幫這個忙不可。

「不過，好奇怪。那位朋友為什麼不自己去買？」

『我想，應該是朋友住處離市區有點遠，才會打電話聯絡住在烏賊川市的我。』

但是，遠離市區生活的人，為什麼知道「井上攝影商會」有「中谷ＳＶ８」？

「順便請教一下，櫻小姐這位朋友是男性？」

『不，是女性。』

女性想要八毫米攝影機？無法想像是怎麼樣的人。

即使殘留些許疑問，卻不足以妨礙流平和櫻的約會。流平腦中已經將「買東西」替換為「約會」。

『願意陪我嗎？』櫻擔心地確認。

「請交給我吧！」流平朝電話拍胸脯。得寸進尺的他，厚臉皮追加表示：「而且除了買東西，我什麼事都奉陪。」這番話正合櫻的意。

『真的嗎？』櫻的語氣很開心。『那個，既然這樣，我還想請您陪我做一件事，方便嗎？』

「什麼事？請儘管說吧。」

『我買到那臺八毫米攝影機之後，打算拿去造訪那位朋友，戶村大人方便的話，要不要一起來？』

「咦，我可以過去嗎？」

『那當然，朋友也說務必帶您造訪。』

「咦，妳對那位朋友提過我的事？」

『是的，我提過戶村大人。這位朋友似乎非常在意，表示務必要見您一面。戶村大人造訪的話，她肯定很歡迎。其實我也還沒拜訪過她家，不過聽說是位於山上景觀很好的地方，您意下如何？』

「這樣啊，嗯，那個……」連續面臨出乎意料的邀約，流平的大腦無法完全掌握狀況。「也就是說，是當天來回的旅行？」

『不，我想應該會在那裡過夜，畢竟這樣在時間上比較從容……不方便嗎？』

「不，完全不會不方便，我非常歡迎過夜！」

流平腦中已經將「造訪朋友」替換為「過夜之旅」。

『哇！您這麼開心，也不枉費我的邀約了。那麼，要定在什麼時候？請您提供一個方便的日子吧？』

「方便的日子啊……好的，請等我一下。」流平抱持愉悅心情打開手冊，密密麻麻塞滿的行程，成為巨大牆壁矗立在他面前。「天啊～！」

『戶、戶村大人，怎麼了？』

「沒、沒事，不用擔心，應該還有辦法空出時間。不對，我一定會空出時間，請稍待。」流平暫時保留通話，看著行程表。「我看看，問題是哪個打工最容易取消。唔～披薩店的老闆很恐怖、便利商店的老闆很纏人……」

流平匆忙整理思緒時，旁邊的手機響了。來電鈴聲是《犬神家一族》主題曲。

「這個來電鈴聲不適合約會，或許得換掉。」流平低語之後接電話。「喂，我是戶村。」

『嗨，是我。』

「什麼嘛，是鵜飼先生啊，我現在很忙。」

『這樣啊，那我只說重點。關於一月二十日週六那件事……』

「是『潛入調查』的日子吧，好的，請交給我。」

『不，你不用來。』

「不……不用來？這是什麼意思？」

『取消了，抱歉。』

「為……為什麼忽然取消？啊，原來如此，工作取消了？」

『不，工作按照預定進行，但基於委託人的要求，你沒用處了。』

「沒用處是什麼意思？鵜飼先生，這樣很過分吧，過分，太過分了。我要堅決抗議。我為了幫忙鵜飼先生的工作，推掉所有女生的邀約，準備這一天的來臨，居然遭受這種待遇……」

『好了，別這麼生氣，這次確實是我的錯。我會補償你，這次就別計較，好嗎？拜託了。』

「那改天請帶我去喝酒喔。不是『魷魚乾小鋪』那種居酒屋，要去有漂亮姐姐的那種店！」

『知道了知道了，我會考慮。那我掛電話了。』

鵜飼像是逃避般結束通話。

流平假裝不高興地說著「真是的……」摺起手機，並且在行程表一月二十日欄位記載的「潛入調查」劃上兩條線刪除，週末兩天隨即完全空白。流平說聲「真幸運」輕輕握拳叫好，接著再度拿起家用電話話筒解除保留，繼續和櫻交談。

「啊，櫻小姐？我剛才確認行程，天啊，真巧，這週末剛好有空。我們一月二十日週六出發吧。」

『哇，那太好了！』

話筒另一頭的櫻，將純真的喜悅轉為話語。

【日間篇】

潛入善通寺家（鵜飼・朱美）

一

白熊郡豬鹿村，是和烏賊川市相鄰的偏僻山村。人口一千七百人，主要以耕種、酪農或林業維生，是典型的荒涼村落。正如其名，當地偏僻到山豬或野鹿把這裡當成自家閒逛，但是沒白熊居住。「白熊郡」這個名字的由來，連當地人都不曉得。

話說，如果烏賊川市以河為象徵，豬鹿村就是以山為象徵。位於村莊正中央區域的盆藏山，是為人所知的信仰之山，因為吸引許多修行僧與登山客而聞名。標高是烏賊川市周邊最高的山，從山頂往南南東可以眺望烏賊川流域，北北西的另一頭則是奧床高原。

依照咲子的描述，善通寺宅邸位於豬鹿村近郊，距離烏賊川市界線沒有多遠。已故畫家善通寺善彥大師鍾愛一生的這棟宅邸，據說相當豪華。

話說回來……

「為什麼我是幫傭？」

朱美在開往豬鹿村的車上，輕聲說出不曉得今天第幾次的抱怨。她旁邊打著雷諾方向盤的鵜飼立刻回應。

「幫傭還算好吧？我是司機。」

咲子夫人確實用盡心思，不愧是提出委託時說過「這邊會適當編個藉口」。她向丈夫善通寺春彥說明幫傭的必要性，也順便建議雇用新的司機。善通寺春彥即使面帶疑惑，也姑且接受妻子的說詞。大約兩週前，報紙一角悄悄刊登「急徵數名幫傭」的廣告，立刻有數人打電話詢問，但咲子夫人全部拒絕。「不好意思，決定人選了。」

咲子夫人確實已經在內心決定一切。她向丈夫謊稱無人應徵，接著緩緩提議。

「既然這樣就沒辦法了，我認識兩個適任的朋友。他們是可以信任的人物，要不要試用看看？」

春彥聽到這個提議，再度疑惑表示「既然這樣，一開始這麼做不就好？」，但最後還是同意了。她的計畫確實有點拐彎抹角的感覺。

接著咲子打電話到鵜飼偵探事務所，指示鵜飼姑且提供履歷表。

鵜飼抱持無法釋懷的心情，傳真自己與流平的履歷表過去，她不久之後就回電。

『哎呀，偵探先生，不行喔，請由您與朱美小姐應徵。因為您是司機，朱美小姐是幫傭。』

鵜飼覺得確實如此，因此另外寫一張朱美的履歷表傳真過去，咲子立刻打電話通知內定。『外子已經答應試用，按照預定，在一月二十日過來吧。』

就這樣，鵜飼與朱美兩人以傭人身分進入善通寺家，以上就是來龍去脈。一切都在朱美不知道的地方定案。

「亂七八糟！」朱美繼續生氣。「這原本是你與流平該做的工作吧？」

「我原本也是這個打算，但也沒辦法。既然是委託人的要求，就不能抱怨吧？」

「不提你，流平居然接受這個結果。」

「不，他氣壞了，因此我改天得請他喝酒……在『魷魚乾小鋪』。」

「這樣啊。話說回來，那位夫人是不是有所誤會？我又不是偵探事務所的人！」

「咲子夫人似乎不這麼認為。大概是妳當著她的面說了什麼吧？」

「唔！」這麼說來，朱美記得曾經神氣自稱是「偵探事務所的老闆」，原來那是災難的源頭。慢著，不是這個問題，到頭來……

「不准擅自偽造別人的履歷表！」

偽造私人文書完全是犯罪行為。但偵探生性隨便，宣稱「那種東西誰寫都一樣」不肯妥協。

「哎，有什麼關係呢？成為幫傭，確實就能在宅邸裡自由行動，咲子夫人的構想很好。而且實際上，妳比流平適合處理這件事，要是我與流平忽然造訪宅邸，在他人眼中有點奇怪。放心，就當成在有錢藝術家的住處打工兩天一夜，不是很快樂嗎？」

「……」

「我好歹會付妳時薪。」

「我為什麼非得讓你以時薪雇用？」

朱美鬧彆扭看向窗外。枯黃山脈連綿不絕的冬季荒涼景色，使她體認到自己來到好遠的地方，看來車子已經離開烏賊川市進入豬鹿村。越過一座小山頭，風景確實成為山中村落，景色各處出現雪的蹤影，令人驚訝。

「哇，是雪耶，雪！」

朱美不由得發出孩童般的開心聲音，剛才的不滿表情拋到九霄雲外。這麼說來，市區兩三天前的晚上也很冷，大概是當時沿著山脈降落的雪，沒有完全融化而殘留下來。積雪不深，但朱美住在烏賊川的河口附近，所以很少看到雪。朱美目光不禁被道路兩側雪景吸引時，鵜飼補充說明。

「這種程度的雪，在豬鹿村並不稀奇。豬鹿村完全位於山區，每年到了寒冬都會下很多雪。聽說過去好幾次出乎意料下太多雪阻斷道路，導致村莊暫時孤立。」

「哇，算是大雪地帶耶。」

「雖然這麼說，但終究是烏賊川市相鄰的村莊，不是東北或北陸。剛出發就遭遇大雪的不幸巧合，應該沒什麼機會發生……」

不過，如同在嘲笑鵜飼這番樂觀的話語，剛好就在這個時候，廣播的氣象預報員提供不祥的氣象消息：『發展中的低氣壓持續增強，將在入夜到明天通過關東上空，關東全區的天氣將大幅惡化，山區會降下大雪，平原也可能有部分地區積雪，請各位多加注意。』

二

雷諾以過於慎重的速度，行駛在拓荒而成的森林小徑。兩側遼闊又茂盛的樹林擋住陽光，因此即使是正午，周圍也如同黃昏般陰暗。沒鋪柏油的石子路、伸展枝枒如同覆蓋頭頂的樹木、道路兩側的積雪。明明第一次造訪，這幅光景卻似曾相識，難道這就是所謂的既視感？不對，並非如此……

「鵜飼先生。」副駕駛座的朱美忍不住說出內心的不安。「我們是不是迷路啊？這是第二次走這條路。」

「朱美小姐，妳說這什麼話？」駕駛座的鵜飼面不改色回應。「我們迷路三十分鐘以上了，這是第三次走這條路。」

果然如此，朱美無可奈何嘆口氣。總覺得類似的景色數度出現在窗外，實際上真的是完全相同的景色。但是事態危急，不是抱怨的場合。「這裡要右轉吧？」

「好。」鵜飼打方向盤，開車進入更窄的小徑。「很遺憾，這是第四次。」

「唔～真難纏。」簡直是迷宮。而且司機的馬虎個性，導致他們更難逃離。「沒有導航嗎？」

「有喔，而且是最新型。」駕駛座的鵜飼，朝副駕駛座伸手打開置物箱。「看，那裡有一本紅色封面很厚的書吧？」

確實有。朱美一看到就愕然。「紙紙紙、紙本地圖……」

封面印著「關東路線圖・最新版」。原來如此，這肯定也是一種最新型的導航系統，但朱美決定關上置物箱，當作什麼都沒看到。「啊，這裡是左轉吧？」

「打開地圖看啦！明明在妳面前了！」

「意、意思是要我看地圖？真的可以嗎？你能保證開到哪裡都不怪我嗎？」

「嘖，沒辦法了。」鵜飼咂嘴把車停在路邊，自己打開路線圖。「唔～我們的城市在這裡……」鵜飼以指尖撫摸地圖上印著「烏賊川市」的粗體字，「然後這裡是盆藏山……」接著指尖滑到豬鹿村。「我們現在的位置，大概在這附近吧？」

「所以是哪裡？烏賊川市還是豬鹿村？」

「不是烏賊川市，應該在豬鹿村的界線附近。」

「善通寺家的詳細地址是？」

「白熊郡豬鹿村大字山田三三九。」鵜飼不用看手冊，輕易說出正確住址。「不過，路線圖沒記載詳細的區域名稱，所以現在還沒什麼頭緒。但我們肯定在附近。」

簡單來說，事態完全沒改善。

「看來需要一個不用翻頁的導航裝置。」

「是需要一個會看地圖的女性。」

這個偵探的得意招式，就是面不改色隨口惹得朱美不高興。

「總之，要是比約定時間晚到，會對不起咲子夫人。路上看到人就問問看吧。」

鵜飼再度發動起車子，朱美將地圖收回去。車子通過泥土路，再度走到石子路。

接著很幸運地，兩人前進的方向出現一名男性的背影。對方走在石子路邊緣，和朱美他們方向相同，身穿牛仔褲加邋遢大衣，肩上背著綠色的背包，長長的頭髮與其說是褐色更像金色，在森林綠意裡相當突兀。大概是來自市區的旅客，這麼一來，他或許不曉得善通寺家。「總之問問看吧。」

鵜飼放慢車速超過男性，在路邊停車。朱美下車之後，朝行走的男性投以甜美笑容搭話。

「不好意思，想向您問個路。您知道善通寺先生的宅邸怎麼走嗎？」

「善通寺先生啊……」

男性瞬間露出困惑表情，卻立刻像是重振心情般抬頭。仔細看就發現他長得相當英俊，年齡大約二十後半吧，老實說，金髮不適合他。男性指著自己行走的方向。

「善通寺先生的宅邸就在附近。沿這條路直走往右，遇到岔路再往右。」

鵜飼也從駕駛座下車再度確認。

「直走往右，遇到岔路再往右……是吧？」

「……」

不知為何沒回應。朱美感到詫異，再度看向男性。男性的視線不在朱美或鵜飼身上，而是另一個地方。沿著他的視線看去，另一名男性正朝這裡走來，年齡大概四十前後，身穿黑色羽絨外套，戴著有帽簷的白色帽子。

「兩位認識？」

朱美隨口詢問，金髮青年回以「不，沒有」的含糊回應。「咦……剛才說什麼？對了，善通寺先生的宅邸是吧。嗯，沒錯，沿這條路直走往右，遇到岔路再往右。」

在這段時間，年輕男性的視線也頻頻投向朝這裡走來的中年男性，實在奇怪。如此心想的朱美朝中年男性一看，對方似乎也在注意這邊的年輕男性，露出驚覺般的表情之後，立刻壓下帽簷加快腳步。

接著，年輕男性也朝朱美說聲「那我走了」，以剛才的速度行走。在鵜飼與朱美的注視之下，年輕男性和中年男性在石子路正中央交錯，兩人的身體瞬間相交，接著若無其事分開。朱美目送離去的年輕男性背影，接著斜眼偷看接近過來的中年男性。只從白色帽簷露出一半的臉，不知為何看似在顫抖。

三

車子依照金髮青年的指引前進之後，確實抵達一座大宅邸。一進門，眼前忽然出現一棟豪宅，朱美放聲感嘆。

「好棒，這是善通寺家？不愧是畫家的宅邸，簡直如詩如畫。」

占地非常寬敞，甚至令人詫異為何能在這種山坡確保此等規模的土地。屹立於此處的正統西式兩層樓建築，彷彿是超脫俗世的光景。屋頂積雪的構圖，甚至令人覺得像是一幅畫。圍繞建築物的庭院樹木，也披上雪景成為天然擺飾。遼闊庭園看得見細心鏽雪的痕跡，但庭院依然一半以上覆蓋白雪，看來這附近在這幾天下了大雪。

鵜飼將雷諾停在正門的下車處。或許是聽到引擎聲，玄關大門立刻開啟，出現一名身穿淡藍色開襟上衣的美麗女性，是委託人善通寺咲子夫人。朱美不經意想到，這麼說來，咲子夫人造訪偵探事務所時，身上的套裝也是淡藍色，大概是喜歡藍色系。實際上，洋溢沉穩氣息的咲子夫人，很適合給人文靜感覺的藍色。

鵜飼立刻下車，向咲子鄭重致意。

「沒想到夫人親自前來迎接，真是光榮之至。」

「偵探先生，還不需要演戲。」咲子夫人如此斷言，親密地輕拍旁邊跟著變恭敬的朱美肩膀。「外子外出散步不在家，遠山真里子小姐也外出求職，一小時之內不會回來，現在屋內只有我，所以放輕鬆也無妨。不過等到他們回來，請表現得像是見習幫傭的樣子。」

「好的，請交給我們吧。」短短一晚應該撐得過去，如此心想的朱美點頭回應。

「期待兩位的表現。」咲子夫人露出溫柔的微笑。

「總之，請鵜飼先生把車子停進車庫。來，朱美小姐進來吧，我帶妳逛屋內。」

朱美在咲子夫人帶領之下進入屋內。

善通寺春彥的宅邸，據說是由父親善通寺善彥的父親所建。長年暴露在風雪中，使得外觀的鏽斑與黑斑很顯眼，卻也營造獨特風格，令人感覺是歷史悠久的建築物。踏入屋內，眼前是豪華大理石的輝煌玄關。玄關大廳挑高呈現開放感，通往二樓的大階梯，為空間加上大膽又優雅的亮點，頭上的水晶吊燈彷彿寶石的光輝。不過，難免有種寒冷的印象，或許是古老建築物特有的霉味與溼氣隱約造成的感覺。要當成歷史遺物欣賞就算了，卻不想當成每天生活的地方。以上是朱美的第一印象。不提這個，她還是對眼前的咲子夫人這麼說。

「真漂亮的宅邸。」

停好車的鵜飼回到朱美身旁，像是找不到該有的東西般，環視四周心神不寧。

「鞋櫃在哪裡？」

咲子夫人輕聲一笑。「如兩位所見，這裡是西式建築，穿鞋入內就好。」

「果然是這樣。」鵜飼放心踏入宅邸內部。「話說回來，真是氣派的宅邸，簡直是會出現在國外電影的宅邸。」

「您的意思是，這裡很像國外奇幻電影的場景？」

咲子夫人走上大階梯，示意鵜飼他們上二樓。

「不，我沒這個意思……」鵜飼連忙否定，以免壞了委託人的心情，但他似乎立刻改變主意。「不過，聽您這麼說，就覺得宅邸有點詭異。」接著他以好奇目光環視四周。「有種早期環球電影的氣息。」

「是指吸血鬼或科學怪人吧？」

「是的，原來您也知道。」

「大家的想法都一樣。這座宅邸確實像是電影的布景。」

咲子夫人掛著微笑，走在二樓的走廊。走廊鋪著紅地毯，兩側並排數扇門。

「如兩位所見，這裡是古色古香的陳年宅邸，因此維護所需的人力與財力不可小覷，每年繳的稅額也很驚人。即使如此，這是外子從祖先繼承的重要宅邸，堪稱完全沒有轉手的念頭。不過老實說，我不太喜歡這裡。」

咲子夫人站在一扇門前轉動門把，響起「嘰～」的刺耳聲音，如同剛才所說那種電影的音效。門後是善通寺夫妻的臥室，中央擺著一張大雙人床。

「請進。」

咲子夫人說完之後，伸手向後關上門，接著像是把握時間般快速說明。

「那就進行最後的確認吧。我大約下午四點離開宅邸，今晚不會回來，因此外子今晚會獨自在這間臥室就寢，請偵探先生監視這間寢室。如果我的不祥預感是真的，外子應該會離開這間寢室，前往遠山真里子的房間，也可能是反過來，由遠山真里子來到這間臥室。無論如何，如果兩人有染，不可能會放過我沒回家的這個機會。外子今晚的行動，將會使得兩人的關係水落石出。您明白吧？」

「是的，當然明白，請交給我吧。」

「期待您的表現。不過，麻煩絕對不要將事情鬧大。即使看見幽會場面，也請您不動聲色，不要試圖進一步揭發真相。這次的目的，始終只是確認兩人的關係。」

「這我也明白，只要夫人如此要求，我會照辦。」

「很好。話說回來，您是否想到監視這間臥室的方法？」

鵜飼看著臥室的門，以及上方的長方形旋轉窗。

「這座宅邸是L型，那麼走廊盡頭，位於L型轉角處的房間很適合監視，這間寢室與走廊的狀況，可以從那裡一覽無遺。而且房門上方有這種通風用的旋轉窗，雖然位置比較高，但是站在椅子上監視應該就沒問題，您意下如何？」

「我也覺得這個方法很妥當。」

「那我就這麼做吧。」鵜飼大幅點頭之後，改為確認委託人的行動。「請咲子夫人將今晚的行程告訴我。」

「今晚是和老朋友聚會。」

「喔，同學會之類的？」

「總之，請當作是這麼回事吧。大家會在烏賊川車站附近的餐廳集合聚餐，我打算就這麼住在朋友家。」

「您說的這位朋友是怎麼樣的人？姓名與職業是？」

咲子夫人的眉頭不悅一顫。

「這是很重要的事嗎？我覺得和本次的委託沒有直接關係。」

「您說得是。但我覺得最好知道夫人在哪裡以防萬一。」

「萬一需要緊急聯絡，請打電話到我的手機。我有把手機號碼告訴您吧？」

「是的，夫人的手機號碼，已經登錄在我的手機。總之，從工作內容來看，應該沒必要緊急聯絡吧，請夫人放心外宿……更正，放心外出。夫人回家時，春彥先生的祕密應該就已經曝光。」

「不過，我最希望任何事情都沒發生。」咲子夫人嘆氣低語，隨即她的手機忽然響起《Que sera, sera》的開朗旋律。

「哎呀，誰打來的？」

咲子夫人取出手機，來電的是丈夫春彥。「哎呀，老公，怎麼了？」她以高八度的聲音回應，簡單交談兩三句之後就結束通話。

「外子打來的，他大約五分鐘後散步回來。」

「終於要開始了。」鵜飼出現緊張神色。

「不過，總覺得怪怪的。」咲子收起手機，無法釋懷般低語。「一般來說，外子外出散步都要一小時以上才回來，卻只有今天回來得有點早。發生什麼事嗎？」接著咲子夫人像是重新振作般抬起頭，朝鵜飼與朱美開口。「總之下樓等吧。外子回來之後，我得引介你們兩位。外子已經同意兩位來到這座宅邸，所以完全不用擔心。」

四

鵜飼與朱美跟著咲子夫人來到一樓客廳，等待善通寺春彥返家。

數分鐘後，站在窗邊觀察戶外的咲子夫人，以緊張的聲音開口。「回來了，請兩位在這裡稍待。」

她匆忙離開客廳，大概是要若無其事站在玄關，強顏歡笑迎接丈夫散步返家。

「重頭戲終於上場嗎？我看看……」

鵜飼立刻走到窗邊，稍微撩起蕾絲窗簾看向遠處。下一瞬間，他臉上明顯出現困惑的神情。「咦，那個男的是……」

「怎麼啦，什麼事？」

朱美跑到鵜飼身旁，跟著看向窗外。看得到一名男性走到庭院中央。距離太遠，看不出長相與年齡，體型也沒有明顯特徵。但朱美對黑色羽絨外套加白帽子的對比色有印象。

「那個人，是剛才在石子路擦身而過的中年男性吧？」

「應該是，原來他就是春彥。」

雖說如此，這座宅邸距離剛才的石子路不遠，即使那名中年男性就是正在散步的善通寺春彥也不值得訝異。順帶一提，春彥現年四十一歲，所以年紀也相符。

兩人離開窗邊，並肩端正坐在沙發上，等待屋主登場。不久，善通寺春彥和咲子夫人一起來到客廳。

脫下羽絨外套與帽子的善通寺春彥，是體格偏瘦的紳士。銀灰色頭髮的端正臉龐十分迷人，卻完全感受不到藝術家的派頭或風範。講好聽一點是俊秀，講難聽一點是缺乏大人物的感覺。

鵜飼與朱美像是開班會的國中生，做出「起立、敬禮」的動作。忽然面對這一幕的春彥，似乎沒能掌握狀況，求助般詢問身旁的咲子夫人。「這兩位是？」

「哎呀，真是的，我不是提過嗎？他們是鵜飼先生與朱美小姐，今天起在這座宅邸工作。」

「啊，對喔，我忘了。」善通寺露出總算能理解的表情，轉身面對兩人。「嗯，我聽內人提過你們的事，真的很感謝兩位特地來到這麼偏僻的山上。啊，我還沒自我介紹，恕我失禮。」

春彥察覺自己的冒失，介紹自己叫做善通寺春彥，重新和兩人握手問候。他的態度極為自然，舉止洗練成熟，表情慈祥，嘴角總是洋溢溫和的微笑。

「總之，兩位請坐。咲子小姐，麻煩端茶給兩位。」

春彥稱呼妻子咲子夫人是「咲子小姐」，咲子聽到要求也率直回應「好的」，快步離開客廳。兩人的態度絲毫沒有尷尬之處，簡直是結縭已久的夫婦，實在不像是結婚第一年就出現裂痕的樣子。

「今天是開車過來吧？不習慣開山路的話應該很辛苦，尤其幾天前的雪還留著，所以更加危險。」

「放心，沒什麼大不了。由於路上沒車，比起在市區開車輕鬆。不過在下對這附近的路不熟，這方面費了一些工夫。這麼說來，在下來這裡的途中，曾經在石子路遇見您吧？」

「咦，是嗎？我沒發現。我散步時出乎意料心不在焉。我想你應該知道，我是畫家，走路時也經常在想像構圖。在我思考的時候，比方說即使像她這樣……」春彥說到這裡伸手示意朱美。「即使像她這樣的迷人女性走在面前，我也經常沒發現就直接走過去。」

「哎呀，您真會說話。」朱美按著臉頰擺出嬌羞姿勢。

「嗯，一點都沒錯，真會說話。」鵜飼佩服的方式有點奇怪。「不愧是藝術家，果然不一樣。但即使沒發現她，肯定會發現那位金髮青年吧？」

「金髮青年……是指哪一位？」

「在路上和您擦身而過的那一位。」

春彥只有微微歪過腦袋，像是心裡完全沒有底。表面上看不出來是佯裝不知情，還是真的不曉得。

看著他這個態度的朱美，開始質疑剛才在石子路交會的人，或許是不同於春彥的另一個人。因為她之前擦身而過時觀察到的男性，給人戰戰兢兢的印象，和眼前從容不迫的春彥差太多。在這個季節，身穿黑色羽絨外套加白帽子的男性並不罕見，有可能是穿著相似的兩人，湊巧走在相同的山路上。

「那位金髮青年怎麼了？」這次是春彥反過來詢問鵜飼。「那名男性應該只是路過的旅客。因為深山的這座村莊裡，沒有染金髮的年輕人。」

「咦，這就奇怪了，我們向他詢問善通寺家怎麼走，他指引得很詳細。」

「喔……」春彥的眉頭似乎微微一顫。

「所以在下一直以為他是住在附近的村民，還佩服的認為他看起來雖然是都市裡的年輕人，但鄉村居民果然很親切，原來不是嗎？」

「這個嘛……我在這附近沒見過這樣的人。他和我擦身而過？應該是你記錯吧，不然就是把其他人物認成我。對，肯定是這樣。」

春彥以堅決語氣斷言之後，結束這個話題。這種強硬態度隱約有點不自然。

朱美忍不住想直接詢問「為什麼您和金髮青年擦身而過時那麼驚訝」，但最後還是克制下來。對方既然否認曾經擦身而過，就不應該再問這個問題，鵜飼也沒有繼續追問春彥這件事。

剛好在這個時候，咲子夫人端著裝有四個茶杯的托盤，再度進入客廳。咲子夫人將茶杯放在各人面前，接著坐在春彥身旁，以開朗的聲音詢問。

「怎麼樣？喜歡這兩位嗎？」

「先別這麼說，我們剛才只是在閒聊。」春彥重新振作般端正坐姿，裝出一本正經的表情。「那麼，姑且像是招募測驗一樣，進行一場面試吧。」

首先，朱美與咲子夫人進行問答。但春彥不知道她們已經預先準備問題與答案，換句話說只是套招。

「興趣是？」「下廚。」

「專長是？」「彈鋼琴。」

記得標準答案的朱美，毫無破綻地回覆咲子夫人的詢問，但接下來才是問題，也就是鵜飼與春彥的問答。朱美抱持感興趣與不安的心情旁觀，她身旁的鵜飼流利回應一連串的詢問。

「駕照是？」「汽車駕照。」

「興趣是？」「偵探。」

「什麼？」「……小說。」

「專長是？」「我從六歲學小提琴。」

「喔喔！」「……學到八歲。」

「……？」「還有問題嗎？」

善通寺春彥幾乎被鵜飼玩弄於股掌之間，朱美非常在意。但不同於她的擔憂，春彥以佩服的表情看向咲子夫人。

「不愧是妳推薦的人選，他是挺有趣的人。我很欣賞，看來可以錄用他。」在這個世界，很難斷定怎樣叫做幸運。鵜飼吊兒郎當的態度，似乎得到春彥的善意接納。

「這樣啊，那太好了。」咲子夫人面露欣喜。「所以就是錄取吧？」

「嗯，暫時試用吧。對了，記得妳今晚要外出，直接請鵜飼載妳去？」

「不，這樣有點……」

「唔……為什麼？雇用司機就是要讓他開車吧？」

「話是這麼說，但鵜飼先生今天應該累了，而且還沒熟悉這附近的路。最重要的是，他還沒習慣我們家的車。」

「啊啊，原來是這麼回事。」春彥轉身看向鵜飼。「我忘記說了，其實我很喜歡車。我家的車都是有點特別的名車，確實如內人所說，還沒熟悉之前得費點工夫。」

「我會努力盡早熟悉。」鵜飼以值得嘉許的態度低頭致意。

「那麼，今天就請你打掃車庫吧。」春彥說完起身。「咲子小姐，之後的事情交給妳，我有點累了，想休息一下。不，用不著擔心，我只是頭有點痛。」

春彥以指尖按摩太陽穴，離開客廳。

五

咲子夫人帶著鵜飼與朱美來到庭院。

善通寺家的庭院，是寬敞的西式風格。地面是描繪幾何圖樣的華麗花壇，井然有序的灌木叢，像是積木般修剪得漂漂亮亮；枝枒形狀奇特到未曾見過的樹木、象徵小動物的擺飾，這些要素以石板小徑或草皮空間串聯起來，成為人造氣息強烈的庭園。土地周邊以紅磚牆或圍籬環繞，如果只是在庭院行走，很難想像這座宅邸是沿著盆藏山的山坡建造。

「好漂亮的庭院。」朱美由衷稱讚。「不過庭院這麼大，保養起來很辛苦吧？」

「是的，光靠我與外子實在顧不來，所以請園丁每週前來照顧。光是維護的費用就不可小覷。」
「這個家挺富裕的。」
「是繼承祖先的遺產。尤其公公善通寺善彥大師是知名畫家，他過世的時候，外子是唯一的親人，所以善彥先生的遺產，包括土地、宅邸在內，都是由外子繼承，這是約十年前的事。」
「冒昧請教一個很沒禮貌的問題。」鵜飼戰戰兢兢詢問。「春彥先生在繪畫方面的才華、知名度或前途這方面，和善彥大師相較之下怎麼樣？」
「鵜飼先生。」咲子夫人面露悲傷搖頭。「這是非常沒禮貌的問題。」
「非常抱歉！」鵜飼迅速低頭。「也就是說，果然……」
「是的。即使是我這種繪畫外行人，也清楚看得出外子沒有公公那樣的才華，和善彥大師做比較根本沒有意義。簡單來說，外子能自稱畫家，只是沾了父親的光。」
「用、用不著講到這種程度……」
「不，這是事實。到頭來，外子是知名畫家的兒子，在得天獨厚的環境長大，不用煩惱金錢問題，在寬敞的家裡自由生活，天生英俊受到異性歡迎，成績又好……這樣的他不可能畫得出撼動他人靈魂的畫作，外子自己肯定最清楚這一點。」
「說穿了，就是含著金湯匙出生，沒有藝術家的強烈特質。」
善通寺春彥身為畫家的評價很差。朱美覺得春彥很可憐，同時有點無法釋懷。
「那個，恕我冒昧，既然咲子小姐知道善通寺先生沒有才華，為什麼嫁給他？」

「哎呀，朱美小姐，這個問題真直接。不過我的回覆非常平凡。我和他在一起的契機，是我擔任他的作畫模特兒。畫家和模特兒相戀，就這麼結為連理。這是很常見的狀況吧？」

原來如此，朱美可以接受。咲子夫人確實美麗，她的魅力足以刺激畫家的靈感，甚至俘虜男性的情慾。

三人如此閒聊時抵達車庫。長方形車庫停著四輛車，都是高級進口車。種類有房車、跑車與四輪驅動車，種類相當豐富。順帶一提，鵜飼的雷諾停在車庫外面，並未包含在內。

「二樓是司機的房間。」

咲子夫人指向通往車庫二樓，狹窄又陡峭的階梯。

「換句話說，現在是我的房間吧？」

鵜飼輕盈跑上階梯，兩名女性也跟著上樓。

這裡是殺風景的房間，很像幫傭居住的地方。像樣的家具只有床、書桌與兩張椅子，由於沒有其他東西，反而給人寬敞的印象。

「反正今晚要通宵監視，應該用不到這裡。」

鵜飼坐在床上，兩名女性自然各自坐在兩張椅子上。

「夫人是下午四點出門吧？那就不能太悠閒，請讓我趁現在請教幾個問題。」

「好的，請說。」

「夫人剛才提到，春彥先生今天散步回來的時間比平常早，他有提到原因嗎？」

「外子說，今天冷到好像會感冒，所以他提早結束散步返家。」

「這麼說來，春彥先生身體似乎不太好。他還提到其他事情嗎？」

「您所說的『其他事情』是怎樣的事情？」

「嗯，其實……」鵜飼大致說明之前在石子路發生的事，也就是和那名金髮青年擦身而過，身穿黑色羽絨外套的男性。

「這樣啊。」咲子夫人思索片刻。「從時間與打扮來看，那名中年男性很可能是外子，不過假設是這樣的話，年輕的金髮男性究竟是誰？」

「看來您心裡沒有底。」

「是的，很遺憾。您對外子提過這件事嗎？」

「提過。夫人剛才進廚房的時候，我試著提出這個話題，但他的反應像是不記得遇過這樣的年輕人，無法確認是打馬虎眼還是真的沒印象。」

「外子是因為遇見那名青年，才提前結束散步？」

「我推測不無可能。」

「這樣啊，總覺得令人在意。不過偵探先生，這件事和本次的委託，沒有直接的關係吧？」

「或許如此。不過仔細想想，夫人造訪敝人偵探事務所的原始原因，在於您質疑丈夫最近怪怪的。夫人認為原因在於春彥先生外遇，但這始終是一種質疑，還不能斷定，也可能完全是誤解。」

「您的意思是說，原因有可能不是外遇？」

「還不曉得。至少我認為現在還不到斷定的階段，畢竟可能性很多。話說……」鵜飼像是重整心情般詢問咲子夫人。「外遇嫌疑的另一位主角還沒登場，請問您幾時方便引介？」

「是指遠山真里子小姐吧？這個嘛，她應該快回來了……」

就像是抓準這句話快說完的時機，「咚！」一聲響亮的聲音傳遍四周，整個車庫微微晃動。鵜飼與朱美以為地震而繃緊身體，咲子夫人的態度卻像是聽到門鈴響起。

「哎呀，看來真里子小姐回來了。」

六

三人快步走下階梯，來到車庫一樓。一輛福斯車尾卡在車庫入口處的柱子動彈不得，看一眼就知道是倒車入庫失敗。在三人愣愣注視之下，福斯駕駛座的車門打開，一名年輕女性掛著害羞笑容現身。身穿求職常見女用套裝的她，應該還是女大學生，所以她肯定是遠山真里子。

「啊~又失敗了。還想說今天肯定會成功，卻還是這樣。咲子小姐，請見諒。」

遠山真里子操著流利的關西腔，以開朗快活的態度向咲子夫人道歉，與其說是道歉更像撒嬌。咲子夫人也開朗回應。

「這種小事沒關係的。不提這個，真里子小姐，沒受傷吧？」

「嗯，我沒事我沒事。」真里子輕輕揮手，再度看向車子。「不過，這樣終究是問題吧？我在面試主管面前宣稱對開車技術有自信，假日總是外出兜風，實際卻是這種德行。唔～要是車庫這道牆壁再遠個三公尺，那就輕鬆多了。」

確實，再遠個三公尺會很輕鬆，還可以輕鬆多停一輛車。

遠山真里子為自己拙劣的開車技術嘆息之後，總算發現咲子夫人身旁站著另外兩人，因而露出警戒的表情。

「話說回來，這兩位是誰？」

「我提過吧？是幫傭二宮朱美小姐與司機鵜飼杜夫先生，今天起在這裡工作。」

被介紹到的兩人恭敬低頭致意，另一方面，遠山真里子露出驚訝表情，興致盎然般觀察兩人。

「喔，兩人都很年輕耶。咲子小姐，可以嗎？他們真的能勝任這裡的工作？」

她說得很不客氣。朱美內心一陣不悅，旁邊的鵜飼則是以冷靜態度向前一步。

「那麼，雖然當成問候也不太對，不過這輛歪掉的福斯，就由我開進車庫吧？」

鵜飼以傭人應有的態度，畢恭畢敬地行禮致意之後上車。三名女性以關切的眼光注視。鵜飼讓車子高速起步，後輪在庭院中央劇烈打滑之後，車身轉半圈面向車庫，接著他一鼓作氣加速開到車庫入口，就這麼沒有減速，轉眼將車子開進停車位。

「哎呀？」咲子夫人發出掃興的聲音。

「嗯？」遠山真里子像是看到不可思議的光景，向朱美要求說明。「如果只是直接開進車庫，猴子也做得到吧？」

「說、說得也是……前提是猴子會開車。」

不過，會開車的偵探完全不曉得女性們評價不佳，以洋洋得意的表情走下福斯。總是讓人過度期待之後輕易背叛，這是偵探一如往常的作風。朱美不禁感到失望，不過看在遠山真里子眼中似乎很新奇。鵜飼詢問「請問這樣如何？」再度行禮之後，遠山真里子輕拍他的肩膀。

「什麼嘛，雖然搞不太懂，但你這位大哥挺有趣的，我欣賞你。工作加油吧！」

在這個世界，真的很難斷定怎樣叫做幸運。鵜飼吊兒郎當的舉止，在這裡也引起遠山真里子的興趣。

「好了，站在這裡會感冒，大家回屋內吧。」

以咲子夫人的提議為契機，四人一起行經庭院。大約走到庭院正中央的時候，遠山真里子有點唐突地開口。

「咲子小姐，記得妳今天要外出，是一個人去嗎？」

「嗯，是的。」咲子夫人連眉頭都不動一下，面不改色回應。「真里子小姐，怎麼了？」

「請鵜飼先生開車載妳去？」

「不，今天我自己開車。」

「是喔，那就真的是一個人去耶。是不是該準備了？」

「嗯，是的，時間差不多了。」

「我來幫忙。妳要挑衣服與髮型吧？這是我的專長。」

「咦，可是……」

「沒關係，沒關係，不用客氣。」遠山真里子半強迫拉著咲子夫人，單方面催促她。「來，快點快點！」

咲子夫人像是被遠山真里子拖著走，眨眼就消失在宅邸裡。鵜飼與朱美愕然看著這一幕，接著轉頭相視感到納悶。

「是我多心嗎？總覺得她們兩人交情很好。」

「嗯。不過看起來也有點尷尬。我實在搞不懂。」

「感覺遠山真里子像是在催促咲子小姐外出。」

「如果真里子和春彥交情匪淺，那就情有可原。因為她想趕走咲子夫人。」

「不過就算這樣，她會刻意幫忙準備外出嗎？」

「妳有興趣？」鵜飼像是看透般注視朱美。「既然這樣，要試著當偵探嗎？」

七

數分鐘後，兩人一起成功入侵宅邸的圖書室。

「不過，圖書室本身沒用處。」鵜飼撫摸漆成白色的壁面，咧嘴露出微笑。「重點在於這面牆的另一頭。那裡是咲子夫人的更衣室，咲子夫人與可能是丈夫情婦的女性，正在那裡呼吸相同的空氣。好啦，我們現在該做的就是……」

「要偷聽？」

「講偷聽很沒禮貌，要講竊聽。」

「還不是一樣？」

「差多了。偷聽是變態的嗜好，竊聽是私家偵探的工作。」

鵜飼說著以右手摸索西裝胸前口袋，拿出手冊大的黑色機器與耳機。外觀看起來只像是隨身聽，不過仔細一看，機器拉出三條線，前端各自連接一個小吸盤。

「啊，我在諜報電影經常看到這個。難道是竊聽器？」

「一點都沒錯。」

「好棒喔～！鵜飼先生，這種東西在哪裡買的？」

「郵購。」

「郵……郵購？」他所說的郵購，難道是下流雜誌最後一頁所刊登的詭異商品？

「這真的能用？」

「當然。妳看這裡。」鵜飼指著機器背面刻的T符號。「確實有個T字吧？」

「真的耶。不過這個T是什麼？」

「只有『竊聽專利局』認可的竊聽器才有這個T符號，這是值得信賴的證明。」

「喔，這樣啊。」也就是詭異商品的證明。「總之用給我看吧。」

「用不著妳要求。」鵜飼蹲在牆邊，將吸盤（這姑且是收音裝置吧）按在牆上，接著戴上耳機。

「喔，聽到了聽到了……嗯嗯。」

真的聽得到？

「也給我聽。」

朱美不容分說，從鵜飼耳朵搶走耳機戴上，在牆壁另一邊進行的對話，確實成為低沉的聲音傳來。

『咲子小姐，穿這件粉紅連身裙不錯吧，超可愛的。』

『真里子小姐，不可以。這次不是學生聯誼，是成人的聚會。』

『既然這樣，這件水藍色洋裝呢？』

『不行，得挑一件更沉穩的衣服……』

清楚掌握得到牆壁另一頭的光景。

「好厲害，確實聽得到耶。」

朱美瞬間為竊聽器出乎意料的優秀性能而感動。不過……「嗯？」朱美忽然感到疑問，取下耳機，改為直接以耳朵湊到牆上。

「鵜飼先生。」

「什麼事？」

「你聽，像這樣直接把耳朵貼在牆上，聽得比竊聽器清楚多了。」

「喔喔，真的耶。朱美小姐，幹得好！」

偵探純真地豎起大拇指。隔著一道牆的房間裡，依然進行著兩個女人的對話。

『真里子小姐，我決定了。我要穿這套灰色套裝，這套最保險。』

『咦～不行啦，這套太老土了，對方男性會失望。』

『對方男性？真里子小姐，妳在說什麼？』

『不用隱瞞沒關係的，我站在咲子小姐這邊。』

『真里子小姐，妳是不是有所誤會？我不是出門夜遊，只是去見老朋友……』

『好了好了，沒關係沒關係。總之別穿這套，何況灰色不合咲子小姐的形象。』

『不，我決定穿這套。』

『啊～原來如此，那位男性喜歡這種低調的套裝是吧？』

『並不是……哎呀？』

『唔……怎麼了？』

『那邊的牆壁，剛才好像發出怪聲音。』

『這面牆？』

『是的。真里子小姐，麻煩把耳朵貼在牆上聽聽看。』

『嗯，我試試。』

『……』

『…………』

『……………』

『……………』

『……………怎麼樣？』

『………………什麼都沒聽到。』

『那肯定是我多心了。天啊，已經這個時間了，得加快速度……』

「噗哈～！」真危險。

千鈞一髮之際逃離危機的朱美與鵜飼，恢復了暫停至今的呼吸。

「剛、剛才，真危險……」

「看來，勉強，蒙混過去了……」

兩人恢復正常呼吸之後，輕聲檢討竊聽成果。

「兩人剛才的對話，究竟是什麼意思？」

「簡單來說，如同咲子夫人懷疑春彥與遠山真里子有染，遠山真里子同樣懷疑咲子夫人和某人有染。確實，今晚是春彥外遇的機會，卻也是咲子夫人外遇的機會，真要質疑也有憑有據。」

「可是，遠山真里子基於什麼根據懷疑咲子小姐？」

「天曉得。她或許掌握具體根據，也可能只是女人的直覺。而且當然也可能是完全不同的原因。」

「意思是？」

「可能是遠山真里子拚命作戲，以免夫人懷疑她和春彥的關係。」

「不希望他人懷疑自己，所以主動懷疑他人是吧？」

「對，內心有鬼的人，很可能採取這種行動。或許果然如咲子夫人的預料，遠山真里子與春彥有著不可告人的關係。」

「總歸來說，究竟是誰？今晚外遇的人是春彥？還是咲子小姐？」

「天曉得。」鵜飼似乎懶得繼續討論下去。「到晚上就知道了。我們就是為此受雇來到這裡吧？總之先回一樓，咲子夫人換好衣服之後，得稱讚她幾句。」

鵜飼說完，將竊聽器收回胸前口袋。

八

時鐘指針即將走到下午四點的時候，咲子夫人整理好服裝儀容，穿著遠山真里子所說的「老土套裝」，來到通往玄關大廳的階梯。

裙子長度及膝，鞋跟不會過高或過低，白色上衣的衣領設計得很時尚，但維持簡樸風格。雖然在各方面都不花俏，凸顯修長身體曲線的身形卻洋溢成熟魅力，高高綰起的頭髮也很迷人。遠山真里子提著包包與米色大衣隨侍咲子夫人，看來已經完美做好外出準備。

「哇，夫人，您這身打扮真漂亮。」朱美有點裝模作樣如此稱讚，快步走過去。「簡樸又高雅的套裝，非常適合夫人。」

「朱美小姐，謝謝妳。」咲子夫人嫣然一笑，看向旁邊的鵜飼。「我也想請教鵜飼先生的感想。」

「這個嘛……」鵜飼思考片刻。「可以形容為小學教學參觀日的年輕媽媽吧。不過，當然是基於正面的意義。」

哪有人這樣稱讚啊！朱美悄悄踩了鵜飼一腳。這個人完全不曉得如何適度稱讚時尚女性，踩他是最好的解決之道。

「哎呀，鵜飼先生說得真風趣。」

「這樣風趣嗎？」鵜飼按著腳如此詢問。

「是的，非常風趣。呵呵。」咲子夫人嘴角浮現酥癢的微笑。「總之，後續的事情交給兩位了。」

遠山真里子聽不懂她所說「後續的事情交給兩位」是什麼意思。朱美與鵜飼刻意以若無其事的態度，說聲「請您放心」行禮致意。

此時，春彥來到玄關大廳露面，大概是聽到眾人的交談聲吧。他緩緩走到咲子夫人身後，掛著微笑詢問。

「啊，咲子小姐，要出門了？」

「是的，老公。」

咲子夫人轉身看他。這一瞬間，春彥的笑容不知為何凍結，取而代之覆蓋他表情的，是可以解釋為困惑或害怕的陰影。平凡無奇的夫妻對話至此中斷，尷尬的沉默籠罩全場。

「……」

「請問……怎麼了？」

「唔……呃，不，沒事。」春彥微微搖頭，恢復原本的清秀微笑。「總之，偶爾有機會外出，盡興玩吧。」

但春彥這番話說得心不在焉，聽起來客套沒誠意。不只是話語，態度也有點戰戰兢兢，不敢正面看咲子夫人的臉，卻像是仔細品嘗般從頭到腳注視她的全身，冷漠得像是面對剛認識的人。

遠山真里子判斷春彥態度變得生硬的原因，在於咲子夫人的服裝。

「看吧，我不是說了嗎？不可以穿得這麼老土，伯父都愣住了。」

咲子夫人看到丈夫的樣子，也像是質疑般歪過腦袋。

「這件套裝不合適嗎？」

「不，沒有，沒那回事。只是和妳平常給人的感覺差很多，一時之間沒認出來。妳穿任何衣服都很合適。」

這番稱讚聽起來，不知為何也像是藉口。

「是嗎……老公，你不要緊嗎？會不會是身體不舒服？」

咲子夫人擔心地觀察丈夫，但春彥像是要迴避妻子的視線般搖頭。

「不，沒事，沒什麼大不了，說不定是稍微感冒？哈哈哈……等妳出門，我再回房躺一下吧。好了，妳該出發了，要是遲到會對別人過意不去。」

「這樣啊，那我恭敬不如從命。」

咲子夫人從遠山真里子手中，接過米色大衣以及淡粉紅色的包包。那是當年葛莉絲·凱莉用來遮掩懷胎肚子的包包，也就是俗稱的凱莉包，怎麼看都是上流階級貴婦出門時的打扮。

鵜飼難得展現貼心的一面，幫咲子夫人打開玄關大門。戶外的冰冷空氣立刻發出聲音穿入屋內。到了傍晚，山區似乎更加寒冷。咲子夫人看著戶外的狀況，接著再度朝丈夫溫柔搭話。

「哎呀，天氣似乎會惡化。老公，感冒的話請注意保暖喔，今晚可能會下雪。不過，真的不要緊嗎？看你氣色似乎越來越差……」

「放心，我沒事。好了，妳快出發吧。」

「好的。那我出門了。」

咲子夫人微微低頭致意，和場中所有人暫時告別。玄關的古老時鐘，湊巧在此時發出「咚～」的鐘聲，宣告現在是下午四點整。

前往向日葵莊（流平・櫻）

一

戶村流平抵達約定的見面地點——烏賊川車站前的時鐘塔。位於站前廣場的這座時鐘塔，是火車旅客最方便的會合地點。舉例來說，就像是澀谷的八公、新橋的ＳＬ廣場，或是岡山的桃太郎像。

一月二十日週六這天，很遺憾是陰天。

流平身穿牛仔褲加夾克，右手提著背包，乍看像是在等待朋友的背包客。不過仔細看會發現，他的嘴角滿是笑意，鬆弛得不像樣。旁人看到這樣的他，絕對不會認為他是「鵜飼偵探事務所」的見習偵探，事實上，許多人露出同情的表情經過他面前。但即使旁人將他當成多麼危險的人物，現在的他不會計較這種問題，因為他正在等待十乘寺櫻。「嘿嘿，嘿嘿嘿！」

旁邊素昧平生的情侶，看到流平忽然笑出聲就飛奔而逃。

流平察覺這樣終究不太妙，將放鬆的嘴角繃緊，從時鐘塔正面大致環視一周，沒看到櫻的身影。

「再怎麼說，我似乎也太早來了。」流平悠閒坐在長椅，滿心期待和櫻重逢。然而眨眼就經過三十分鐘，流平終究再也無法保持鎮靜。

「再怎麼說，也應該來了。」

流平期待重逢的心情逐漸萎縮，「她該不會爽約吧？」的不安覆蓋內心。他忍不住取出手機，撥打櫻之前告訴他的手機號碼。隨即……

SAKURA～SAKURA～

時鐘塔後方傳來日本民謠《櫻花》的悠閒旋律。流平恍然大悟，立刻繞到時鐘塔另一邊。身穿白色連身裙與淡粉紅色外套，抱著小旅行包的十乘寺櫻，坐在長椅拿出手機接聽。

「櫻小姐！」

「啊，戶村大人！」櫻連忙起身。「原來您早就到了？」

「沒、沒有……我剛到。」流平說出會合失敗的情侶常說的謊。「櫻小姐呢？」

「我、我也剛到。」櫻這句話肯定也是謊言。

「啊哈哈哈……」流平佯裝不知情，輕聲一笑。「下次改約其他地方會合吧。」

「好的。」櫻也點頭回應。「說得也是，我覺得這樣比較好。」

「櫻小姐，走吧。」

「好的，出發吧。」

就這樣，兩人即使態度生澀依然重逢，一同前往烏賊川市區。

兩人先到鶴見町，以達成本次行程的目的。

鶴見町距離烏賊川站前到市公所一帶的熱鬧區域有點遠。主要道路是鶴見街，林立著自古以來的小商店，包括鞋店、西服店、書店、酒館、文具行、運動用品店，放眼望去都是店家的鐵捲門。換句話說，這裡是烏賊川市的「鐵捲門街」。雖然也有零星店家營業，卻很難形容為生意興隆。兩人前往的「井上攝影商會」，位於鶴見街再隔一條路的狹窄一角。

木造的古老平房，招牌寫著「提供攝影服務」的文字，店門口的展示櫥窗，井然有序陳列著高級單眼相機，是歷史悠久的相機行。中古的八毫米攝影機孤單擺在櫥窗角落，就像是生魚片的配菜。

「這就是我朋友所說，中谷什麼的八毫米攝影機嗎？」

「嗯，我想應該是這臺，姑且確認一下吧。」

流平帶著櫻進入店內，裡頭陰暗雜亂，與其說是店鋪更像倉庫，只有掛在牆上的美女肖像照，醞釀出華美的氣氛。

一名戴眼鏡的老人，獨自坐在櫃檯看店，似乎是老闆。老人像是不感興趣般朝流平一瞥，但他視線一落在櫻身上，就立刻扶正眼鏡。「歡迎光臨，請問有什麼事？」

流平走過去開口。

「我們想看展示櫃裡那臺八毫米攝影機。」

「喔，居然看上那臺八毫米攝影機，眼光真好。」老人咧嘴一笑，立刻打開展示櫃。「這臺是『中谷ＳＶ８』，是當時誇稱性能首屈一指的高級品，現在很難入手。雖然是中古品，但我保證狀況很好，是難得一見的珍品。」

「我看看……」流平接過攝影機確認機種。「肯定沒錯，櫻小姐朋友想要的就是這臺。」

「這樣啊。」櫻露出安心的表情，向相機行老闆詢問。「請問這臺多少錢？」

「六萬八千圓。不過如果小妹妹願意配合，可以賣妳六萬圓。」

「請問是什麼意思？」

「願意當攝影的模特兒嗎？」相機行老闆說完指向牆上的照片。身穿純白上衣的美女撥起短髮，露出挑逗的笑容。「看，我想像那樣掛著展示，妳覺得如何？」

「這是老爺爺拍的啊，好棒的照片。」

「別這麼說，如果是小妹妹的照片會更棒，因為妳年輕又漂亮。」

「天啊，怎麼辦？」櫻困惑詢問流平，但她的表情很開朗，大概是聽到拍照委託之後又羞又喜吧。

「讓老闆拍也無妨吧？而且能當成紀念。」

「好，就這麼決定了。」老闆輕拍雙手。「妳男朋友也答應了。」

「天啊！哪是男朋友啦，老爺爺您真是的！」

櫻隨著羞澀的表情，揮動手上的旅行包。

「噗嗚！」相機行老翁被包包邊角打中頭，甚至飛到牆邊。

後來又過了一個小時，昏迷的相機行老闆才清醒過來拍照。

櫻在相機行的小小攝影棚，低調回應老闆數個擺姿勢的要求。相機行老闆像是要把剛才挨打的份補回來，全神貫注按著快門，流平則是不知何時站在兩人中間拿著反光板，實在不像是男性約會時的職責。

「……我是助手？」

流平無法接受。

二

櫻以六萬圓整買下那臺八毫米攝影機，卻因為拍照時間太長，導致時間很緊湊。兩人無暇到咖啡館小坐，匆忙趕回車站。流平依照櫻的指示買車票，兩人一起前往月臺，鑽過即將關閉的車門衝進電車。從烏賊川車站發車的普通車，如同等待兩人上車般立刻起步。

兩人在車內的對話，理所當然以報告彼此近況為主。流平聊到身為偵探事務所的一員，協助富豪尋找三花貓的經歷，強調每天過得頗為平凡。櫻歪過腦袋，正經詢問「這樣的日子哪裡平凡？」，流平聽她這麼說，就覺得尋找三花貓確實不是什麼平凡的體驗。

另一方面，櫻的生活似乎也不算平凡。她這三個月居然到法國住在寄宿家庭。

「我大約一週前才回來這裡。我在那裡學法語、接觸法國文化、體驗家庭生活，每天都過得非常快樂。如何？我稍微變強壯了嗎？」

「看起來沒什麼變化就是了。」

「但我覺得精神受到鍛鍊，也可以說是膽子練大了。」

「原來如此。」也就是說，這次的大膽邀約也是海外生活使然。法國萬歲！「話說櫻小姐，我們要搭這班電車到哪裡？」

車窗外熟悉的沿岸景色，不知何時轉變為山間風景。豬鹿村的象徵──盆藏山的高聳山頂，已清楚出現在電車行駛的方向。

「要在奧床高原站下車，然後開車一陣子，就可以到我朋友家。」

「喔，這樣啊。」

奧床高原站位於翻越眼前盆藏山的另一頭，因此給人很快就到的錯覺，但事情沒這麼順心如意。實際上，如果在盆藏山挖條隧道就好辦事，但這座山沒這種東西，因此即使直線距離不遠，電車卻得持續忽左忽右大幅迂迴行駛。貼著山脈前進的電車，簡直是找不到路的毛毛蟲。

電車沒多久就停在名為「豬鹿神宮站」的無人車站。沒人下車，也沒人上車，但電車依然停車十分鐘等待對向車輛經過，真是悠閒。看來電車打從一開始就不想分秒必爭，盡快將乘客送達目的地。

「對了，看到豬鹿村，我就想到一件事，櫻小姐，還記得鵜飼先生嗎？」

「是戶村大人的師父吧？」

「鵜飼先生現在肯定在豬鹿村，豬鹿村的有錢人家委託他一份工作，好像是要潛入宅邸監視某人。」

「這樣啊，那間宅邸位於豬鹿村的哪裡？啊，請等我一下。」

櫻忽然起身，從放在上方置物架的包包取出一張地圖，是以烏賊川市為中心，刊登周邊城鎮村莊的地圖。摺痕的磨損是長年使用的證明。

「喔，原來妳帶著這種東西啊，真意外。」

「是的，我從以前就是這樣，旅行的時候一定會帶著地圖，感覺這樣可以增添旅行的樂趣。我看看，這裡是烏賊川市……」櫻說著按住「烏賊川市」的粗體字。「我們的電車走這條路線……」櫻放在地圖上的指尖，沿著往北北西的路線移動。「越過豬鹿村界線的第一個車站，就是這裡。」她說著按住豬鹿神宮站。「也就是說，我們的電車現在剛進入豬鹿村。」

「似乎是這樣。」流平從旁看著櫻的地圖。「這麼說來，鵜飼先生潛入的宅邸雖然位於豬鹿村，卻在烏賊川市旁邊。」

「既然這樣，或許剛好位於我們現在經過的這裡。」

櫻將臉湊到窗邊，像是期待在窗外看見偵探的身影。窗外當然只有無人月臺，完全看不到可能是有錢人宅邸的建築物。

「偵探先生說過那裡是什麼樣的宅邸嗎？」

「不，工作內容是機密，我不知道詳情。」

「不過，真是不可思議。戶村大人是偵探先生的徒弟吧？不用陪同嗎？」

「這方面不知道什麼原因，這次協助鵜飼先生的不是我，是朱美小姐。還記得朱美小姐吧？」

「是的，當然記得。那麼朱美小姐也成為偵探先生的徒弟？」

「不，並不是這樣。」

「那麼，為什麼？」

「這個嘛，為什麼呢……」

流平再度面對這個問題，也無法順利找到答案。他不記得自己犯錯，導致鵜飼對他心灰意冷，也不認為朱美比他更能協助鵜飼。老實說，流平不曉得自己為什麼沒能參與這次的工作。

「總之，應該是基於我不知道的原因吧，但是這樣反而順我的意。如果得陪鵜飼先生出任務，我就沒辦法像這樣和櫻小姐一起旅行。」

「確實是這樣。」櫻露出甜美微笑。

喔喔，好自然的對話。流平內心雀躍。櫻微笑的表情，甚至看得出她對流平全盤信賴，要進攻就得趁現在。流平稍微往前傾，握住櫻的手。

「櫻小姐！我們乾脆改天再造訪朋友，就這樣兩人一起去外地旅行吧？」

流平大膽發言。

「……」

「咦？」

「…………」

微妙的沉默立刻降臨兩人之間。明明沒開窗，卻不知為何感覺到縫隙灌入冰冷的風。搞砸了……流平詛咒自己如此輕率，但為時已晚。櫻就這麼低著頭不發一語，肩頭似乎微微顫抖。

「那個……櫻小姐，請問怎麼了？」

流平擔心地窺視櫻的臉，發現她原本白皙的臉蛋，連耳根都變得通紅。

「兩、兩、兩人一起去外地旅行……怎、怎、怎！」

哇，大事不妙。流平開始慌張。十乘寺櫻陷入恐慌時採取的行動，經常超乎他的預料。流平早早就察覺危險試圖防禦，然而……

「怎麼可以這樣！」十乘寺櫻忽然起身，喊著「討厭，真是的！」朝置物架伸手取下旅行包以雙手抱住，大叫「真是的，不理你了！」扔向流平。「咕喔！」飛過來的旅行包正中流平的臉，坐著的他一瞬間搞不清楚狀況。「？？？」

「我不是那種不檢點的女人！」

「……（櫻小姐，那妳在電車裡朝男生扔旅行包的行為就算檢點嗎……）」

流平想說的話堆積如山，但他最後只能抱著旅行包，一句話都說不出口。

三

隨電車搖晃約一小時，現在時間是下午四點十五分。兩人搭乘的電車，準時依照時刻表抵達奧床高原站。

只有流平與櫻兩人下車，來到寒風吹拂的月臺。流平背著自己的背包，右手拎著包裝好的八毫米攝影機，左手提著櫻的旅行包走過月臺。跟在後面的櫻愧疚表示「我的東西由我自己拿」，伸手要拿自己的旅行包，但流平說「不，由我拿」堅決不肯讓步。原因在於十乘寺櫻雖然是偶爾毫不節制施展暴力的凶暴美少女，但她很少空手施暴，大多是拿手邊的重物當成凶器。換句話說，只要「重物」都在這邊手上，就可以放心和她打交道。

「包包不重嗎？」

因此，即使櫻如此擔心，流平也不以為意地微笑回應。

「沒關係，沒關係。我不能讓櫻小姐拿太重的東西。」

接著櫻忽然停下腳步。「天啊，戶村大人真是的……」她露出感動表情，雙手按住胸口。「您好溫柔！剛才那句話，深深講入我心坎了。」

「……」受不了，這位大小姐實在容易誤會。不過，如果沒有這種誤會的要素，流平這個窮偵探的徒弟，根本不可能和她這位富家千金，進行這場乍看之下感情融洽的旅行。所以流平判斷維持這樣的誤會才是上策。「好了，好了，我們走吧，讓朋友等待不太好。」

兩人一起通過剪票口。在合適的季節，遊客會使得奧床高原站熱鬧不已，但是寒冬的現在終究完全無人造訪，車站很冷清。等候室沒有人影，站前圓環也連一輛車都沒有。車站屋簷底下或是道路兩旁，依然殘留著前幾天堆積至今沒融化的雪。高原的風靜靜吹過洋溢孤寂的枯萎冬景，由於海拔高，風的寒冷程度也和平原不同。

「……看來完全沒人。」

「嗯，似乎如此。」

兩人佇立在車站前面，呆呆轉頭相視。總覺得看起來像是私奔到鄉下的情侶。

「妳的朋友不是會來迎接嗎？」

「是的，我們確實這麼約定過。」櫻開始擔心，拿出自用的手機。「或許是基於某些原因遲到，我打電話看看……哎呀？」

正要打開手機的櫻，忽然停止動作。流平也察覺異狀，默默豎耳聆聽。聽得到某種轟聲，如同雷神下山的刺耳聲響。確認這是車子排氣聲的時候，已經有一輛車隨著轟聲甩尾衝進圓環。車頭有個特徵明顯的設計，是德國傲視全球的名車——ＢＭＷ。這輛ＢＭＷ如同操作不靈般失控，響起近乎慘叫的煞車聲，在柏油路面留下胎痕，猛然往側邊打滑，朝周圍散發刺鼻的橡膠燒焦味，守規矩地停在兩人面前。

「咦？」

覺悟到將被撞飛前往極樂世界的流平，一邊感謝自己安然無恙，一邊心想必須過去教訓幾句，從人行道這邊的車窗看向駕駛座。「喂，怎麼開車的？」車門隨即忽然打開，流平「咚！」一聲像是乒乓球彈飛，在人行道四腳朝天。「臭小子！」流平以屈辱的仰角，殺氣騰騰瞪向駕駛座臭罵。「搞什麼啊！」然而，從開啟的車門後方出現的，是鮮紅色禮服的裙襬，以及一雙修長的美腿。流平開始認為仰角不一定屈辱，決定維持這個姿勢一陣子。

從駕駛座下車的，是給人華美印象的成熟女性。烏黑美麗的長髮和櫻難分軒輊，修長的身形與深邃的五官，令人聯想到女演員或模特兒。實際上，她身穿紅色禮服加豪華大衣，就像是可以直接到坎城影展走紅毯，和這裡的氣氛格格不入。

美女看都不看流平一眼，直接跑向櫻。

「櫻！」美女直呼櫻的名諱。「好久不見，我好想妳。」

「是的，我也很高興見到妳。過得好嗎？」

「嗯，那當然。櫻看起來也很有精神，太好了。」

櫻與紅禮服女性相互摟肩敘舊。看來櫻所說的「老朋友」就是這名美女。

「話說回來，櫻。」美女像是現在才發現般，看向倒在人行道的流平。「這是什麼？」

「……」

真希望她問的是「這是誰？」。「這是什麼？」聽起來像是把流平當成路邊的異物，這可不是開玩笑的。現在不是倒在人行道享受美腿曲線的場合，流平終於起身，注視對方的雙眼。

「我是戶村流平，今後請多關照。」

美女當前，流平即使生氣依然客氣。他朝著站在面前的陌生美女伸出右手。「話說回來，請教您是？」

「我？」她沒握手，而是讓流平伸出來的手，握住淡粉紅色的名片。「我是這個身分。」

「這樣啊，謝謝您。」沒能和美女握手的流平，姑且看向剛拿到的名片。名片上沒有頭銜或其他資訊，只有姓名與手機號碼。美女叫做「水樹彩子」。

「水樹彩子（Mizuki Saiko）？」

「沒錯，你居然知道怎麼發音。」

「任何人都會吧？」

「不，我不是這個意思。很多人把『彩子』的發音，當成訓讀的『Ayako』。」

「所以是音讀的『Saiko』啊。水樹彩子……咦，奇怪。」流平交相看著名片與她的臉，接著歪過腦袋。「這名字，我好像在哪裡聽過。」

而且仔細一看，就覺得這張臉好像在哪裡看過。

「喔，是嗎？我應該是初次見到你。」彩子像是裝傻般這麼說，接著深感興趣，將流平從頭到腳觀察一遍。「嗯～你就是戶村流平啊，我聽櫻說你是烏賊川市立大學電影系『肄業』，這經歷挺有趣的，感覺可以和你談得來。對了，你剛才幫櫻買了東西吧？

有買到那臺八毫米攝影機嗎？」

「是的，當然萬無一失。」

「這樣啊，那太好了。」接著彩子將手放在身旁的櫻肩膀。「那麼，初次見面的問候到此為止，總之上車吧，站在戶外閒聊感覺會凍僵。好了，兩位快上車。櫻，妳坐副駕駛座吧？」

「不，不用了。」櫻立刻坐進後座。「我坐這裡。」

「這樣啊。那麼，流平……」

「呃，不，不，我也坐後座。」流平也像是害怕逃得太慢，跟著櫻坐進後座。畢竟坐在副駕駛座的死亡率很高。兩人在不熟悉的後座，一起繫好安全帶。

「真是的，這麼不相信我的開車技術？」彩子撥著長髮坐進駕駛座。「剛才確實開得有點粗魯，不過那是因為快要遲到，所以比平常多踩一點油門。接下來我會安全駕駛，不用擔心，我原本就對開車技術有自信。」

四

水樹彩子沒說謊。她慎重讓車子起步，細心打著方向盤開往山路，剛才那一幕彷彿是假的。車子的目的地是彩子家。

「雖說是我家，但不是我平常住的家，也就是別墅，或許該說是第二個家。」

依照彩子的說明，那棟建築物位於盆藏山山腰。換句話說，流平他們在烏賊川站搭電車出發，越過盆藏山抵達奧床高原站之後，再度搭車回頭爬上盆藏山。乍看是繞遠路的旅程，但彩子說這是最快又最安全的路線。

在車上，櫻再度為流平介紹水樹彩子。

「彩子小姐曾經是藝人。對吧，彩子小姐？」

「不，這是錯的。」彩子忽然迅速打方向盤犀利過彎，如同表達不滿。「首先，我很遺憾妳用過去式說我『曾經是藝人』，我並沒有放棄演藝事業，只是最近沒有顯眼的成績。接著還有一個最大的重點，我不是藝人，是女星。無論誰怎麼說，我都是女星。即使偶爾接的工作是拍壽險廣告，女星就是女星。」

不接受任何異議與反駁的語氣，隱約透露她的自尊。實際上，先不提她是女星還是藝人，她確實是以演藝事業維生的人。依照櫻的說明，水樹彩子曾經在十乘寺食品的廣告或海報亮相，也擔任過公司的形象代言人。流平聽櫻這麼說，就發現自己以前似乎在某處，看過彩子身穿圍裙、手拿十乘寺食品產品包裝的樣子，或許也是因而對「水樹彩子」這個名字有印象。

「話說回來，我不清楚彩子小姐和櫻小姐的關係，兩位是什麼樣的交情？」

「唔……」彩子從後照鏡投以視線。「只是朋友，有什麼問題嗎？」

「但是就我看來好像不只如此。何況很少人直呼櫻小姐的名字，兩位是親戚？」

「不，不是親戚，但也可以說比親戚還親，櫻像是我可愛的妹妹。對吧，櫻？」

「是的。」櫻以由衷信賴的表情點頭。「彩子小姐就像是我可靠的姐姐。尤其在小時候，我們經常一起玩。」

原來如此。既然兩人情同姐妹，直呼名字也理所當然。流平試著想像未脫稚氣的妹妹，和年輕美麗的姐姐嬉戲的光景。「兩人會玩什麼樣的遊戲？」

「這個嘛，像是在夕陽照亮的海邊沙灘，開四輪驅動車甩尾，或是在一無所有的遼闊平原，盡情沐浴在陽光之下拿空氣槍互射。」

「啊哈哈哈哈！」水樹彩子在駕駛座高聲大笑。「不太像是大小姐的遊戲。」

應該說，這不像是小孩子的遊戲。不對，大人也很少玩這種遊戲。

「十乘寺十三先生居然沒多說什麼。」流平從後座探出上半身，以只有開車的彩子聽得到的聲音詢問。「難道十三先生是女星『水樹彩子』的……贊助人？」

十乘寺十三是十乘寺食品的總裁，也是櫻的爺爺。同時依照流平的擅自斷定，十三先生是眼中只有年輕女性的好色老爺爺。水樹彩子的美貌足以被十三先生看上，如果是年輕時更不用說。

「你的直覺真敏銳，你說的沒錯。」彩子看著前方，微微露出無懼一切的笑容。「哼哼。無須隱瞞，他和我是『要當我情婦嗎？』，『不，恕我拒絕』的交情。」

「……」這是怎樣？「換句話說就是毫無關係？」

「以結果來說，就是這麼回事。」

呼，幸好。一時之間還以為狀況不妙。流平上半身移回後座，彩子繼續說下去。

「要說退讓也不太對，但十三先生希望我擔任櫻的姐姐，我當然非常樂意接下這個角色。十三先生只有櫻這個孫女，所以才會這麼說吧。不覺得他是一位挺和善的老爺爺嗎？」

唔～如果沒有「要當我情婦嗎？」這段插曲，流平會舉雙手贊成她的說法。十三先生做了一件憾事。

「不過，我真的好久沒見到彩子小姐。因為彩子小姐生性自由不羈，就像是《男人真辛苦》的寅次郎先生。」

「櫻，妳講出這種話，我會修理妳喔。」

水樹彩子不只沒生氣，還回以飾演阿寅的演員——渥美清的著名臺詞。這應該是兩人從兒時就反覆無數次的對話，感覺得到兩人的親密關係。

「不過，這是真的。彩子小姐有時候像是住進我家一樣，卻不知何時又消失；有時候經常打電話過來，卻又忽然音訊全無……彩子小姐，妳現在的工作是什麼？」

「櫻，我不是說了嗎？」水樹彩子以堅定的語氣再次聲明。「我從以前到現在，一直是女星！」

五

途中，三人前往附近唯一一間商店購買食材。車子從該處開上一條更陡的坡道，接著忽然左轉進入小徑。BMW占用整條蒼翠的森林小徑，行駛得不甚自在。不久，前方視野忽然變得開闊，流平一瞬間以為森林裡出現小小的住宅區。不過仔細一看，零星座落於此處的房子，分別是木造的平房小屋、磚造的童話風格房屋，或是巨大三角屋頂的住家，盡是個性又時尚的設計，簡直是迷路闖進異世界所見的光景。看來這裡是名為別墅區的異世界。

「沒看到半個人，似乎都是空屋。是因為季節不對嗎？」櫻貼在車窗旁邊環視。

「彩子小姐的第二個家是哪間？」

「那間，那棟褐色建築物。」

彩子指向的建築物，是頗為大眾化的圓木小屋。絕對不算大，座落於別墅區角落，以茂密森林為背景的模樣頗具風情。

「叫做向日葵莊。」水樹彩子如此稱呼這間屋子。「這名字不錯吧？」

彩子將車子停在圓木小屋旁邊的小車位。

「好，我們到囉。」

彩子下車打開大門的鎖，流平提著自己的行李與櫻的行李，櫻拿著打包八毫米攝影機的紙箱與裝著食材的袋子跟隨在後。

「來，不用客氣，當成自己家吧。」

在彩子催促之下，流平與櫻進入向日葵莊。感覺得到原木溫度的空間非常舒適。隱約傳來的油味，應該來自打蠟的地板，但不到需要在意的程度。

一樓是客廳、飯廳、廚房與廁所，閣樓風格的二樓是數間寢室，打開客廳的落地窗，可以通往遼闊的木板露臺。

「哇，好寬敞的露臺，視野真好。」櫻發出純真的開心聲音跑到露臺，流平也跟著過去。深呼吸就發現空氣冷到令肺部作痛，但是很舒服。景觀也如同櫻所說的美妙無比。坦白說，沿著山腰開墾的別墅區占地不大，各建築物的距離必然很近，但因為階梯狀沿著山腰建立，不會遮蔽彼此的視線。也就是說，這座露臺如同展望臺，恬靜的山下景致一覽無遺。

「我們剛才所在的奧床高原就在那裡，再過去看得見市區，入夜之後，夜景應該很漂亮吧。」

朝櫻手指的方向看去，確實看得見類似車站的建築物，再過去是如同零散積木的小小市區，而且都位於俯瞰的遙遠地點。

不知何時來到露臺的彩子，仰望天空開口。

「氣象預報說今晚會變天，比起夜景，或許更可以期待雪景。」

「哇，好浪漫。」櫻以期待的眼神仰望天空。「希望能下雪。」

流平抱持些許疑問，所以無法率直認同。

「如果真的積雪，我們會不會沒辦法離開？」

「有可能。」彩子也正經點頭回應。「要是大雪封鎖道路，我們等同於關進陸地孤島。」

「好浪漫。」櫻雙眼的夢想程度增加，還將手按在胸前。「真想被關看看。」

「……」這位大小姐在說什麼？關在這裡不就回不去了？流平難以理解櫻的少女情懷。

「總之，如果是可以悠閒欣賞的小雪就無妨。」

「會這麼稱心如意嗎？」彩子像是要結束這段雞同鴨講的對話，伸手指向客廳。「好了，兩位別站在這裡，不然會感冒。進去喝點東西吧。」

「就這麼做吧。」流平如此回應，準備轉身入內。

「哎呀……」櫻忽然指著前方的別墅。「感覺得到對面屋裡有人喔。」

六

雖說是對面，卻在流平等人所在處的下一階，正確來說不是「對面」，是「斜下面」。建築物是三角屋頂的山莊風格，屋頂突起的煙囪引人注目。車位停著兩輛車。時尚設計的窗戶泛出溫馨的照明。

「喔，原來還有別人在這個不合時宜的季節來別墅。」

彩子的語氣聽起來有些佩服。流平隨口詢問彩子。

「您認識對面的人？」

「不，不太熟，只有打過幾次照面。那家姓什麼？記得是安藤或近藤這種姓……對對對，我想起來了，對面是權藤家，記得是建築公司老闆的別墅。」

就像是抓準時機，權藤家的這間建築物，傳來男性的爭吵聲。一邊是年輕響亮的聲音，另一邊是感受得到年齡的沙啞聲音。兩人似乎是在屋外起口角。即使建築物擋住對方身影，卻可以相當清楚聽見他們的對話。

「爸，您差不多該說真話了吧！」年輕人的聲音像是在質詢。「我大致明白您最近在做什麼。」

「英雄，你說什麼？你要把我這個親生父親當騙子？」年長者的聲音近乎怒罵。「你這種不成材的傢伙哪裡懂！」

看來是父子在激烈爭吵。名為「英雄」的兒子打鐵趁熱般，進一步質詢父親。

「那我請教一下，幾乎每天都有許多客戶向公司抱怨，而且內容大同小異。例如對工地狀況有疑問、請款金額不對勁、合約出現沒看過的條文，此外還有……」

此時，父親的沙啞聲音響起，如同要打斷兒子這番話。

「閉嘴閉嘴！不准隨便用情報判斷就講這種話。我是社長，最清楚我的公司在做什麼，你剛進這個業界所以還不懂。英雄，聽好了，所謂的客戶，剛開始很安分，但是在完工之後就會亂來，挑剔這裡不好、那裡不好、手續費太高之類的。要是把他們的胡言亂語全部當真，公司會……」

「胡言亂語是什麼意思？反倒是我們公司故意隨便施工吧……」

「『故意』是什麼意思？說我偷工減料？可惡，你這不懂知恩圖報的傢伙……」

「我才要說您……」

對話忽然中斷，接著兩人從建築物後方撲出來，兩個大男人如同小狗在庭院草皮打滾。看來他們光是脣槍舌劍還不夠，真的開始動手打架。

悠閒的山間別墅區上演醜陋的爭執，櫻像是不耐煩般低語「真掃興」，悲傷地搖了搖頭。

「不過，可以扔著不管嗎？兩人似乎完全在氣頭上。」

「喂，流平。」水樹彩子將流平拉過來，在他耳際低語。「這樣剛好，你去幫那對父子打圓場吧。」

「為、為什麼我要做這種麻煩事……」

「不用擔心，我也會幫忙。」

「就算您這麼說……」

「別抱怨。」彩子犀利說完，以拇指指向櫻。「櫻正在看。你在她面前展現男子氣概，她會很高興。你不想取悅櫻嗎？那你為什麼在這裡？為了什麼出生在世上？」

「唔唔！」此時，流平確實誤以為自己是為了取悅櫻而出生在世上。「明白了，我去處理吧！」流平興致全來了，他緊握拳頭高舉在櫻面前。「櫻小姐，無須悲傷，我會去阻止他們的爭吵。」

「哇，戶村大人……」櫻臉上綻放笑容。「您真是威風凜凜！」

「那麼，我也盡微薄之力，為流平的勇氣表達敬意吧。」彩子將靠在露臺旁邊的掃把柄抽出來。「櫻留在這裡，以免危險。」
「好的，彩子小姐也請小心。」
響起如同野獸咆哮的男性聲音，打斷櫻的話語。兩人扭打成一團，沒有和解的樣子。事態已不容許片刻猶豫。
流平與彩子衝出向日葵莊。
兩人一抵達三角屋頂的山莊，流平就衝到庭院。父子兩人依然在那裡上演真實鬥毆戲碼，跨坐在對方身上的兒子占優勢，體力較差的父親上氣不接下氣陷入苦戰。流平如同宣判技術性擊倒的裁判，大喊「到此為止！」介入兩人之間，然而……
「你做什麼？」「你是誰啊？」「跟你無關吧？」「滾出去！」
流平遭受父子雙方攻擊，暫時處於守勢，但流平也不是被壓著打，他立刻轉守為攻，父子兩人的爭鬥，加入他之後成為三方混戰。到了這種地步，流平也變得沒有節制。他完全忘記當初前來的目的，化為只求勝利的鬥士。不過在混亂的狀況中，唯一保持冷靜的女性高聲一呼。
「給我安靜！」
水樹彩子以手上的掃把柄敲向建築物牆壁，響起「啪唰！」令人不由得挺直背脊的響亮聲音。這一瞬間，寂靜降臨現場。
彩子滿足地點了點頭。
「對，這樣就好。男人們，你們有心還是做得到嘛。」

七

水樹彩子將扭打的權藤父子拉開。流平直到最後都維持格鬥姿勢，但是已經沒有對手，他自然不得不收起拳頭。彩子表明己方立場之後，父親自稱「權藤源次郎」。他氣喘吁吁，挺胸表示自己是建築公司的老闆。

他的兒子權藤英雄聽到這番話，立刻輕輕發出「哼！」的嘲笑聲。這樣下去很可能再度打起來，彩子與流平將兒子英雄帶到外面。

總之，兩人帶他離開權藤的別墅，進入向日葵莊。櫻佇立在庭院露出擔心神色，看到流平他們就立刻跑過來。

「哇，看來順利勸架成功，太好了。」

「嗯，很順利。」彩子間不容髮回應。「流平挺身阻止了扭打的兩人。對吧？」

「……」是這樣嗎？當事人流平以目光詢問另一名當事人權藤英雄。英雄搖頭回應，一副「天曉得」的樣子。

流平等人帶英雄到客廳，在沙發相對而坐。貼心的櫻進入廚房為大家泡紅茶。英雄接過櫻遞來的茶杯，惶恐般深深低下頭。

「謝謝您。非常感謝各位搭救。要是繼續打下去，真的會打個你死我活。」

英雄語出駭人。但是只看他的長相與舉止，並不像是凶暴的男性。他剛才打架時殺氣騰騰，如今的表情反而算是柔和。年齡大概是二十五至三十歲吧，身上的衣物從長褲到毛衣都很簡樸，感覺像是鄉下學校的老師。

「究竟發生了什麼事？」流平姑且如此詢問。

「不，沒什麼。」英雄困惑般搖手。「我和老爸從以前就不合，傷腦筋。即使沒什麼特別的事，光是見面就會起口角。」

「既然這樣，別見面比較好吧？」櫻的提議相當強人所難。

「哈哈，您說得沒錯。實際上，我直到兩個月前都在關西的公司上班，和老爸分開居住。現在回想起來，分居才是對的，這樣就能如您所說避免見面。不過那間公司被大型企業併購，我成為裁員對象，簡單來說就是被開除，我因而回到這邊，在老爸的公司幫忙，從那之後就衝突不斷。」

「您平常住哪裡？」

「烏賊川市。我住在烏賊川河口附近，離市中心有點遠的地方。這邊的別墅，算是用來在週末寧靜度日的第二個家。」

「不過，剛才的打鬥不太寧靜。」

彩子挖苦說完，英雄像是沒面子般低下頭。

「不好意思。其實我沒想到老爸今天來這裡。要是知道老爸會來，我應該不會刻意來這裡。但我運氣不好，和老爸撞個正著，很快演變成激烈的打鬥。真的很慶幸各位在場。」

「別客氣，不用多禮。」彩子注視著對方的雙眼詢問。「接下來才是問題。你要怎麼辦？有地方可以去嗎？」

流平也在意起這件事，開口詢問。

「您應該沒辦法住在那位伯父所在的別墅吧？不然又會吵架。就算這麼說，在這個季節在車上過夜也很辛苦……說真的，這下子怎麼辦？」

「天啊，這樣好可憐。」櫻露出由衷擔心的表情。「既然這樣，如果只是一晚，也可以暫時住在這個家。彩子小姐，可以吧？」

「慢著，可是……」彩子聽到櫻的徵詢，明顯板起臉。但在她說下去之前……

「不，我擔當不起！不可以這樣。」英雄像是踩到蛇一樣慌張起身。「我完全不想依賴各位到這種程度。何況現在才傍晚啊？這時間我還可以回家……沒錯，在事情不順心的日子，就應該到市區痛快玩一下。那我接下來就開車回烏賊川市，找朋友宣洩煩悶情緒吧。老爸只要沒對象能吵，肯定也會安分，我想不會影響到各位的週末假期。那我告辭了，感謝各位招待的紅茶。」權藤英雄像是要逃離什麼般，一道別就走出玄關。「那麼。受各位照顧了。」

英雄匆忙離開，流平與櫻就這麼愣愣地轉頭相視。

「那位先生在避諱什麼嗎？」

「感覺他好像不方便待在這裡。」

「沒有啦，應該是有所顧慮吧？住在素昧平生的別人家，彼此都很辛苦。」彩子忽然輕聲一笑。「話說回來，你們真是大好人。幫忙打圓場就算了，還擔心他的住宿問題，這也太過火了。不過，或許這就是你們的優點吧。」

彩子像是嘆息又像是稱讚的這番話，使得流平與櫻再度轉頭相視。

沒多久，不遠處傳來車子引擎聲。再度前往木板露臺一看，一輛自用車正駛離權藤家的車位。車子亮起耀眼的車尾燈，緩緩沿著小徑遠離，最後消失在森林裡。不曉得權藤英雄接下來要和誰喝通宵。

不提這個，一場騷動告一段落之後，晚霞籠罩四周。

「對喔，我差點忘記了。」櫻跑到堆在房間角落的行李處，拿出紙箱遞給彩子。「彩子小姐，這是說好幫妳買的八毫米攝影機。」

「啊，說得也是。」彩子以雙手接過紙箱，露出開心的微笑。「櫻，謝謝妳，錢我晚點給妳。此外也謝謝流平，櫻受你照顧了。」

「不，別這麼說。」流平惶恐低下頭。

「那麼，就為流平做一頓美味的晚餐吧。櫻也會幫忙吧？」

「是的，那當然。今晚吃大餐吧！」

櫻與彩子如同感情融洽的姐妹，並肩前往廚房。

【夜間篇】

一

某處響起警笛聲，是警車。哎，和我無關。這裡是鬧區一角，志木刑警在貴船町複雜巷弄低調掛起暖簾營業的立食蕎麥麵店，從老闆手中接過麵碗，聆聽著警笛聲。看向時鐘，現在是晚上七點半。志木剛從警局下班回家，但要是發生案件，警察就是全天候執勤。總之暫時不提這件事……志木將意識集中在眼前麵碗裡的麵，首先扒一口享受滑順的口感。在這段時間，警笛聲也逐漸增加，或許是出乎意料重大的案件。不過在這之前……志木以筷子夾起碗裡游動的炸蝦，毫不留情一口吃掉半條。到了這個時候，聽得出四面八方傳來的警笛聲，逐漸往一個方向集中，記得那個方向是鶴見町。慢著，這不重要……志木將蝦尾浸入碗裡，滋嚕滋嚕喝著風味清淡的湯。近處響起喝湯聲、遠處響起警笛聲；這裡是貴船町的蕎麥麵店、那裡是鶴見町的案發現場，不過……志木重新將注意力移回蕎麥麵。不經意一看，慘死的炸蝦屍體下半身沉入湯裡。唔，這裡是蕎麥麵店？還是命案現場？志木感到一陣暈眩，放下麵碗。「可惡，警車害我沒辦法專心吃麵！」

店長瞪向志木，像是禁止他講奇怪的藉口。

外面下著雪。

店裡電視的氣象主播正在警告觀眾，今天可能是觀測史上最深的積雪。『現在剛開始下雪，在晚間七點的現在，各地積雪分別是烏賊川市一公分、奧床市兩公分、豬鹿村四公分。預測接下來的積雪量，分別是烏賊川市十公分、奧床市二十公分……』要是烏賊川市積雪十公分，就是創下歷史紀錄的一天。一月二十日的今天，確實是一年當中罕見的寒冷日子。即使是市區也在傍晚下起雪，入夜之後開始積雪。也就是說，現在的積雪只不過是開端，現在才要正式下起大雪。

老實說，志木不想在這種日子，牽扯到太麻煩的案件，這下子該怎麼辦？手機在他猶疑的時候響起。

『喂，志木，是我。你人在哪裡？』是砂川警部。志木回答自己在貴船町的立食蕎麥麵店。

『鶴見町路上發生命案，你也過來。我現在派和泉刑警過去，你在那裡等著。明白了吧？』

「咦，要我等著的意思是……喂？」

通話單方面結束。總之志木付錢走出麵店。路面已經像是灑上一層麵粉般，看得見薄薄的積雪。志木感到困惑。

砂川警部要他『在這裡等著』，但他人在車子進不來的小巷，在這裡等也不會有人來迎接吧。那麼，應該在哪裡等？

志木不知所措時，某處傳來車子的排氣聲。是和白雪緩緩降下堆積的景色完全不搭的劈啪排氣管聲。詫異的志木朝聲音方向看去，一輛重型機車從小巷另一頭疾駛而來。揚起雪煙逐漸接近的重型機車嚇跑路邊野貓、鑽過垃圾桶，試圖在蕎麥麵店前面甩尾緊急煞車，卻不知為何就這麼撞進十公尺前方的工地。「呀啊～！」

「咦？」剛才是女性的尖叫聲，那麼……志木慌張趕到工地。倒地的機車旁邊，身穿黑色褲裝與風衣的女性，發出像是虛弱幼犬的呻吟。志木蹲在她身旁，注視她的臉正經詢問。「和泉前輩，您想做什麼？」

褲裝女性取下全罩式安全帽代替問候，露出短髮的美貌之後若無其事開口。

「喲，志木，我來接你囉。」

「這樣啊，謝謝。」不過，剛才的場面與其說是接志木去現場……「剛才您差一點就送我上西天吧？」

和泉刑警害羞笑了兩聲，搔抓像是男生的短髮。

「沒事，剛才那樣算是小意外，我只是沒計算到雪的要素。」

一般來說，這種要素應該列入計算吧？

「機車似乎沒事。」志木扶起倒地的車，擅自拿起掉在旁邊的備用安全帽戴上，跨上駕駛座。「好了，前輩，我們快走吧。命案現場在鶴見町吧？」

「對，似乎是女性遇害。話說回來，喂。」和泉刑警像是嫌礙事般，將志木往後推。「你坐後座。我的愛車不能交給你這種年輕小夥子。」

「不過，看到您剛才的駕駛，我實在沒辦法輕易將前座讓給您。畢竟我也想盡量活久一點。」

「別講得好像老頭子。總之給我退後。」和泉刑警發揮前輩的權威，將志木趕到後座。她再度戴上安全帽，跨上駕駛座發動引擎。「志木，要出發了，好好抓住，別被甩出去啊。」

「那個，請等一下。我要抓哪裡？」

「還有哪裡，一般都是腰吧？」

「那麼，要用哪種體位……」

「不准亂講話！」和泉刑警一轉身，就反手給了志木脖子一拳。「敢再說一遍，我就●掉你！」

引擎聲很吵，所以不曉得這時候的她是說「殺掉你」還是「扔掉你」。但和泉刑警當然是保護市區安全與和平的警察，所以不會是前者。總之志木率直道歉。

「對不起，我不會再犯。」

「真是受不了你們男人……」

「那麼，我可以抓住腰吧？」

「可以。特准你抓。」

「那我恭敬不如從命。」志木雙手環抱和泉刑警的柳腰。

「啊嗯！」

「哇！對、對不起！」

「開玩笑的。快點抓住！」

「……」和泉刑警，現在是開玩笑的時候嗎？志木開始不耐煩，隨意抓住和泉刑警的腰，像是不輸給引擎聲般大喊。「安全駕駛吧！還有，請您別忘記今晚下雪喔，下雪！機車這種交通工具會在雪地打滑！前輩，您明白吧？」

「嗯，我明白！」和泉刑警也大聲回應。「放心，以我這全市第一騎手的實力，這種雪算不了什麼。轉眼就可以抵達鶴見町囉！」

和泉刑警忽然把愛車油門開到底，志木刑警全力抱住她的腰。載著兩人的機車，像是在雪上飛行般疾馳。

二

鶴見町鶴見街。這裡是烏賊川市的舊市區，也就是現在俗稱的「鐵捲門街」。

曾經是市區繁榮象徵的這條街，如今行人寥寥無幾，入夜更是冷清，因此是很適合開快車的路。和泉刑警駕駛的機車將油門開到底，高速穿過直線道路，來到警車聚集的一角之後，嘗試以甩尾方式緊急煞車，就這麼撞到數名穿制服的巡查，衝進十公尺前方的案發現場。「呀啊～」「哇啊～」

機車忽然衝進現場翻倒，搜查員瞠目結舌。「喂喂喂……」「那是誰？」「是和泉刑警。」「那就原諒吧。」「男的不可原諒。」「他跟和泉小姐一起出勤。」「可惡的小子。」

「居然繼續抱著？」「快放手啊！」志木摟著和泉刑警腰部的手，引來搜查員嫉妒又羨慕的視線，感覺到視線的志木連忙收回雙手。

其中，只有一名男性面不改色迎接兩人抵達。是砂川警部。

「喔喔，出乎意料地快。」警部若無其事協助機車底下的志木起身，接著慰勞女刑警。「和泉刑警也辛苦了。不過騎雪路的時候要小心，剛才差點釀成二度災害。」

和泉刑警自行起身，迅速扶起橫倒的愛車。

「警部，不好意思。」她敬禮致意。「我將雪的要素計算在內，卻沒算到後座有人。」

「總之，以後小心點。」

志木毛骨悚然。沒什麼以後不以後，這種充滿恐怖與驚悚的緊急出動，他不想體驗第二次。

「話說回來，警部。」和泉刑警像是當成自己的疏失已經解決，斷然進入正題。「聽說是命案，請問是什麼狀況？」

「哎，我也剛到，先拜見一下屍體吧。」

砂川警部帶著兩名部下，前往屍體的位置。遇害女性的屍體倒在積雪的路上，是刀子刺入左側腹致死。只有刀柄從大衣側邊突出，是一幅異樣的光景。大致看來，除了遇刺部位沒有外傷，屍體流出的血液染紅周邊的雪，雖然淒慘卻令人覺得像是一幅畫。在觀察的這段期間，雪依然逐漸落在屍體上。鑑識人員加快速度拍照攝影，將分秒變化的現場狀況記錄下來。

「嗯，挺標緻的美女。」

這句話不是來自志木刑警，是和泉刑警在志木身旁輕聲說出的真心話。她在長官砂川警部面前，以規矩的遣詞用字飾演「挺像樣的女刑警」，在後輩志木刑警面前，卻以粗魯的遣詞用字透露「相當不像樣的女刑警」的本性。面對長官與後輩使用的語氣差這麼多的人，志木只知道她一個。但不提這件事，志木也贊同和泉刑警的感想，遇害者確實是美女。

「年齡大概比前輩大三、四歲。」

「用不著拿我的年齡相比吧？」

遇害者年約三十前後，外表給人的印象是有錢人家的夫人。從死後的臉部判斷也不太對，但長相令人覺得她生前是出色的美女。不太濃的化妝充分襯托五官，綰起的頭髮如今明顯鬆脫變形，但原本肯定綰得很美麗。身上的衣物不花俏，不過覆蓋大半屍體的米色大衣，一眼就知道是高級品。簡樸的灰色套裝具備相當高雅的質感，衣領設計的用心程度也恰到好處，鞋跟不高的白色鞋子散發光澤。這種程度的貴婦打扮，走到哪裡都不會丟臉。

「這附近沒小學吧？」砂川警部觀察完屍體就唐突發問。「不，沒事，遇害者的打扮令我想起小學的教學參觀日，才會這樣聯想。」

「鐵捲門街沒有小學。」志木如此回答。

「我知道。」砂川警部像是心情變差，離開死者身旁，接著向表情緊繃、站著不動的一名年輕巡查下令。「叫第一目擊者過來。」

巡查帶來的穿西裝男性，乍看應該是上班族。自稱原田的這名男性，是在市公所附近銀行上班的行員。他如此述說自己牽扯到命案的來龍去脈。

「是晚間七點二十分左右發生的事。當時我開車返家經過這條路，路上很冷清，四周只有雪不斷降下。我一邊注意避免打滑，一邊經過這個路口。就在這個時候，一名走在人行道的女性，突然搖搖晃晃衝到馬路。對，真的很突然。

我一瞬間以為是撞車自殺，連忙緊急煞車。我車速沒有很快，卻因為下雪有點打滑，幸好沒有撞到人的感覺。我立刻下車確認前方，發現女性倒在保險桿前面。我以為是嚇昏所以輕輕搖晃她，她卻沒有反應，動也不動。我戰戰兢兢觸摸她的脖子，發現她不知為何沒有脈搏，已經氣絕身亡。

我不知所措。車子明明還沒撞到她就停下來，我搞不懂她為什麼會死掉。但我立刻發現身穿大衣的她身上流出鮮血。我下定決心掀起大衣一看，發現一把刀刺在她的腰部，我連忙離開屍體，立刻以手機打一一〇報案……就是這樣。」

砂川警部像是姑且接受般點頭，只問了第一個發現屍體的銀行行員一個問題。

「你不認識遇害者吧？」

行員平淡回應。「是的，刑警先生，那當然。我沒見過這名女性。」

「那你呢？」砂川警部以同樣問題，詢問旁邊穿制服的巡查。「你對遇害者有印象嗎？」

看似老實的巡查挺直背脊斷然否定。

「不，屬下沒在這附近見過她，恐怕不是鶴見町的居民。」

「知道了。」

砂川警部暫時讓第一目擊者與巡查離開，再度走到屍體旁邊。

志木與和泉刑警也緊跟在後。志木一邊行走，一邊輕聲向和泉刑警確認剛才聽到的事。「前輩，總歸來說是怎麼回事？」

「你不知道？很簡單吧？」和泉刑警像是在憐憫這名不成材的後輩般仔細回答。

「換句話說，遇害者在某處遭某人刺殺側腹，但遇害者沒立刻死亡。意識恍惚的她走在這條人行道求救，最後用盡力氣搖搖晃晃倒在馬路斷氣，銀行行員駕駛的車湊巧遇見。如此而已。」

「這樣啊。所以實際的案發現場在哪裡？」

「這就是問題。總之，側腹遇刺的她，不可能走好幾公里遠，應該可以斷定是在這附近遇刺。」

志木再度站在死者身旁，與和泉刑警一起檢查屍體身上的物品，但是成果不甚理想。志木向砂川警部報告。

「完全找不到能確認遇害者身分的物品。遇害者口袋空空如也，沒有錢包、駕照或月票，甚至連一張電車車票或購物收據都沒有。」

「喔，這就棘手了。」砂川警部將右手插進自己的西裝口袋。「不過，口袋裡怎麼會空空如也？我覺得一般來說，都會放一些東西吧？」

砂川警部說著從口袋抽出右手，他手上握著菸、打火機、零錢、名片、彩券與小鋼珠店的會員卡。

「看，就像這樣。」

「警部比較特別。」和泉刑警不容分說般斷言。「高雅的女性，原本就不會在口袋放一堆東西，何況……」

和泉刑警再度蹲到死者身旁，將鼻頭湊到遇害者身上的灰色套裝。

「正如我的猜測，隱約有種獨特的油味。遇害者恐怕是穿著剛送洗的衣服外出。這麼一來，口袋沒放任何東西也情有可原。不提這個，警部，我們沒找到另一個更重要的東西。」

「唔，更重要的東西？」

「遇害者的包包下落不明。這個年齡又是這種打扮的女性，肯定會帶著包包。不覺得是凶手拿走嗎？」

「原來如此，確實沒看到包包。那麼，和泉刑警認為這是強盜殺人？」

「有這個可能，但也可能是凶手為了偽裝成強盜犯行而拿走包包。」

「原來如此。但是還不能斷定。遇害者遇刺之後，憑著最後一口氣走到這裡，包包也可能掉在路上。」

「啊，說得也是。」和泉刑警很乾脆地認同。
「無論如何，線索這麼少，看來很難確認遇害者身分。今後的苦戰可想而知。」
砂川警部說完深深嘆口氣。
不久之後，法醫抵達現場檢視，卻沒查出顯眼的新情報。遇害者的死因肯定是側腹遇刺造成腹腔內出血，沒看到其他外傷。推定死亡時間是晚間七點二十分前後，正是銀行行員發現遇害者倒在馬路的時間。
依照上述狀況，砂川警部提出辦案的兩個大方向。首先是調查遇害者遇刺的行凶地點，另一個方向當然不用說，就是查出遇害者的身分。方針意外地淺顯易懂，沒人提出異議，但問題在於做法。
「查訪。這是唯一的方法。」砂川警部背靠警車，像是要鼓舞部屬般高談闊論。「徹底清查遇害者的行經路線。這樣可以查出行凶地點，肯定也能釐清遇害者身分。各位足以融化雪的熱情，絕對能帶領警方解決這個棘手案件。願各位勇猛奮戰！」
「願我們奮戰……那警部要去哪裡？」和泉刑警銳利的目光朝警部一瞥。
「我？」半個身體坐進警車駕駛座的砂川警部，只把臉轉過來。「我要先回局裡成立辦案總部，有意見嗎？」他大膽說出實話。
「不，屬下當然沒意見，肯定會帶好消息給您，請放心。」和泉刑警委婉向砂川警部投以挖苦的話語，接著轉身輕拍志木刑警的肩膀低語。「志木，走吧。警部說他討厭下雪。」

三

雖然早已預料到，但在大雪夜晚查訪非常困難。和泉刑警與志木刑警沿著鶴見街前進，一看到行人就叫住問話，但成果不甚理想。

大雪的夜晚，行人個個快步行走，被叫住的人悉數露出嫌麻煩的表情，聽完問題就搖頭說聲「不知道」。這樣的狀況反覆許多次之後，兩人終於走完整條鶴見街，接著從鶴見街逐漸擴大查訪範圍，尋求進一步的情報。

後來，兩人來到距離鶴見街一條路的某間相機行。名為「井上攝影商會」的這間店，是在門口櫥窗展示高級單眼相機的傳統店面。雖然已經打烊，但看得到店裡有微弱的燈光。朝裡面一看，一名戴眼鏡的老人，正在櫃檯後面擦拭一臺相機。

「喂，志木，去問那位老爺爺吧。」

兩人開門進入店內。

櫃檯的老人只朝志木投以冷漠視線，沒停下手邊工作。「抱歉，今天打烊了。」但他一看到隨後入內的和泉刑警，就立刻扶正眼鏡。「歡迎光臨，有什麼事？」

看來老人眼中只有和泉刑警。被當成空氣的志木，不高興地將警察手冊伸到老人的面前。

「其實我們不是客人，是這個身分。我們在調查鶴見街遇害的一名女性。遇害者身穿灰色裙裝與米色大衣，年紀約三十前後，您有印象嗎？」

「喔……」應該是相機行老闆的這名老人睜大雙眼，將手上相機放在櫃檯。「所以是當時的那位小姐遇害吧。」

「當時的那位小姐？那麼老爺爺，您知道遇害者？」

「嗯，我剛剛看到，肯定沒錯。」

「什麼時候看到的？在哪裡？」

「嗯……」相機行老闆像是敷衍般，再度拿起相機擦拭。「我不想告訴你。」他忽然擺出不講理的態度。「不過，如果那位小姐願意配合，我就說。」

喚為「那位小姐」的和泉刑警，推開志木走向前。

「喔，怎麼回事，老爺爺想和警方談條件？有趣。你有什麼要求？要錢？還是釋放囚犯？」

「不是那麼誇張的事。」相機行老闆將手上相機舉到胸前說出條件。「可以讓我拍妳的照片嗎？」

「拍照？只有這樣？」

「對。我第一眼看到妳，就喜歡妳的長相，希望妳務必擔任模特兒。如何？別看我這樣，我的功力貨真價實。看，就像那樣。」

相機行老闆以下顎示意牆上的照片。身穿白色連身裙的嬌憐美少女，露出靦腆的微笑。

「喔～！」和泉刑警看著牆上照片感嘆。「這張照片是老爺爺拍的？真不錯。」

「如果小姐願意擔任模特兒，會比這張還好。因為妳具備成熟的魅力。」

「那當然，我不會輸給這種丫頭。」和泉刑警似乎對照片的陌生美少女抱持競爭心態。「但我正在執勤。如果有其他機會，我很樂意擔任模特兒。」

「那請回吧。我沒話對警察說。」相機行老闆鬧彆扭般撇過頭去。

「真是的，傷腦筋的老爺爺。」和泉刑警聳肩看向志木。「沒辦法了。我就為了破案犧牲這一次吧。」

和泉刑警脫下風衣交給志木。

「等、等一下，前輩，您是認真的？」

「不行嗎？只是拍照，我完全不介意。」

「不行啦，正在執勤的警察，怎麼可以當模特兒？何況現在沒空拍照。前輩不是也說過嗎？案發之後的每分每秒都是勝負關鍵……」

「你真笨。你在我當模特兒的時候詢問老爺爺不就好？這樣不會浪費時間吧？」

原來如此，或許沒錯。慢著，可是，可以這樣嗎？

志木遲疑不定，和泉刑警在他旁邊迅速脫下外衣。相機行老闆咧嘴露出笑容。

「嗯，這位小姐真明理，我越來越欣賞妳了。那麼，立刻進攝影室吧。」

老人招呼兩名刑警進入隔板圍成的空間。

數分鐘後。

攝影室內，和泉刑警大膽依照相機行老闆的要求，擺出各種姿勢。相機行老闆像是被她不輸給職業模特兒的豐富表情觸發，反覆按下快門。志木則是不知何時負責拿照明器材。

「我、我是助手嗎？」

「喂，打光的！不准亂動！」

老攝影師出聲斥責。志木即使內心受挫，依然為了完成刑警的職責，朝拿著相機的老人提問。

「所以，老爺爺確實看過那位灰色套裝的女性吧？」

「嗯，肯定沒錯。當時是晚間七點打烊後不久，記得是七點十五分左右。」

發現遇害者屍體的時間是晚間七點二十分，也就是說，這名老人目擊的是臨死前的遇害者。

「我當時坐在店裡櫃檯記帳。坐在那裡可以隔著櫥窗清楚看見行人。那名女性在晚間七點十五分左右經過櫥窗前面。」

「您為什麼記得那位女性？」

「因為那名女性不曉得是絆到腳還是怎樣，肩膀重重撞上我的寶貝櫥窗，我還以為玻璃破掉，嚇出一身冷汗。我出去想說她幾句，但她已經轉入前面的小巷，所以我放棄找她抱怨，再度回到店裡。」

喀喳、喀喳。快門啟動、閃光燈閃爍，耀眼光芒下的和泉刑警露出舒服的微笑。

志木一邊注意她的樣子，一邊繼續詢問。

「您看過那位女性嗎？」
「不，我不確定。畢竟當時沒清楚看見她的臉。」
喀嗟、喀嗟。老人繼續按快門。
「她走路是否有不自然的地方？」
「這麼說來，她走路莫名不穩，而且好像按著側腹走路。不過這是她進入小巷之後，她的背影給我的印象。」
喀嗟、喀嗟。女刑警坐在椅子上交疊雙腿。
「那條小巷是通往鶴見街吧？」
「當然，鶴見街就在旁邊。」
喀嗟、喀嗟。志木的目光偶爾被她的胴體吸引，但還是繼續勤快詢問。
「那麼，她是從哪個方向走來的？」
「你問哪個方向……」相機行老闆停止按快門，指著房間一角。「她從右到左經過櫥窗，所以應該是從那個方向過來的。」
「既然是那個方向，就是扇町街吧？」
「從方向來看是這樣沒錯。但我不曉得她是不是來自扇町街。」
老闆說完之後，至今坐在椅子上擺姿勢的和泉刑警起身。
「好，拍照到此為止。」
老攝影師從觀景窗不滿地抬起頭。

「怎麼回事，只拍到這裡？我好不容易興致正來啊？」

「抱歉。但老爺爺提供的情報很有用，總之光是知道方向就是很大的收穫。啊，對了，最後方便再回答一個問題嗎？」

「什麼問題？」

「那位女性是否帶著包包？」

「嗯，包包啊……不，沒有。記得她雙手沒拿東西。」

「這樣啊，謝謝。」和泉刑警穿上外衣與大衣匆忙道別。「改天有空的時候，想請您好好幫我拍組照片。」

「隨時歡迎，妳似乎很有天分。」

老人露出柔和笑容說完，和泉刑警瞬間展露喜悅。接著她再度恢復平常的犀利表情，朝後輩刑警開口。

「志木，我們走吧，今晚的查訪任務現在才開始。」

打給善通寺春彥的電話（鵜飼・朱美）

一

入夜之後下起雪。無聲無息降下的雪，營造出獨特的風情。下起雪一小時之後，善通寺宅邸庭院覆蓋一層純白薄紗。從天而降的雪花又細又小，在夜幕之中受到強風吹拂飛舞的光景，如同海中漂浮的浮游生物群。

「話是這麼說，但我從來沒在海裡欣賞過浮游生物。」朱美低聲說出直截了當的感想，關上廚房的窗戶。

「唔～不過好冷，不愧是盆藏山的豬鹿村，和烏賊川市區完全不一樣。肯定是因為海拔高才低溫。看外面很快就開始積雪，不曉得到明天究竟會積幾公分。不，現在這種事不重要，得準備晚餐。下廚下廚。」朱美眺望擺滿廚房桌面的各種料理，雙手抱胸感慨地嘆了口氣。「真美妙。這麼多的料理，居然全都是由我朱美小姐誠心誠意用微波爐加熱的，究竟誰會察覺這件事？咲子小姐肯定是料理天才，這麼多菜都是她一個人親自準備，託福我可以好好飾演幫傭角色，春彥先生也不用吃我做的料理。既然不用傷害到彼此，這就是最好的結果。唔，自己這麼說有點淒慘，但是也沒辦法吧？因為我做的料理，連那個餓肚子的私立偵探也吃兩口就放下筷子，舌頭養刁的有錢人吃了應該會昏倒。」

對於料理的自卑感，使得朱美自然而然變得饒舌。「不過，飯是我煮的！沒錯，日本人是吃米飯活到現在！煮飯的人才是主角。基於這個意義，今天的晚餐說是我做的也不為過。因為在電鍋放米與水再按下開關的是我朱美小姐！看看這飽滿米粒的光輝吧！」然而，朱美正要打開蓋子看鍋內的時候，她的視線固定在出乎意料的光景。

「咦？插頭在這裡，插座在那裡，所以……」

「二宮。」

後方忽然有人叫她。平常很少有人直接以姓氏叫她，所以她光是這樣就嚇一跳而微微尖叫。朱美慌張轉身，將插頭藏在身後。站在那裡的當然是善通寺春彥。春彥環視廚房的各個角落發問。

「咦，只有妳？剛才聽妳好像在和別人說話，我還以為鵜飼在這裡。」

「啊，不，這裡只有我，一直只有我。」朱美此時終於察覺，自己剛才一直自言自語。「您、您在找鵜飼先生？他現在應該在車庫二樓吧？」

「不，我打內線電話也找不到他。」

此時，位於走廊的鵜飼走進廚房。

「老爺，在下在這裡。」鵜飼如此致意。看來他依照咲子夫人的吩咐，一直保持一段距離觀察春彥的行動，但春彥毫不知情。

「啊，原來你在這裡，我找你好久了。」

「請問有什麼吩咐？」

「嗯，想請你出車。」

「外出是吧，在下立刻去準備。」

「不，我原本是這麼打算，不過……」春彥看向桌上並排的各種菜色。「看來晚餐準備好了，還是取消外出吧。二宮難得準備這些好菜，沒趁熱享用會對不起她。」

「呃，不，那個，請您出門吧。」朱美拚命訴求。要是春彥暫時外出，會幫她一個很大的忙。「請不用在意我的料理。」反正又不是我做的！

「老爺，她說得對。她的料理沒有好到必須盡快吃的程度。」鵜飼也提供這句無謂的幫腔，不過似乎意外地有效。

「這樣啊，好吧。那就容我見識一下鵜飼的開車技術吧。哎，雖說是外出，但是沒有很遠。話說回來，你對開車走雪路有自信嗎？」

「請放心，這種小雪一點都難不倒在下。」

鵜飼不是挺胸自豪，而是恭敬低頭。

「喔，真可靠。那就麻煩備車吧。」

鵜飼說聲「明白了」離開廚房，接著春彥再度面向朱美。

「我晚點一定會享用這些料理。不好意思，等我回來再用微波爐加熱吧。」

「又一次？」

「啊？」

「不，沒事。路上請小心。」

春彥離開廚房了。他的身影一消失，朱美就插上電鍋插頭，第二次按下開關。電鍋終於開始冒出蒸氣時，她說著「沒錯，就是這樣」激勵電鍋，並且再度感到詫異。

在這種下雪的夜晚，春彥究竟要去哪裡做什麼？

二

在雪中開車外出的春彥與鵜飼，約一小時後回到宅邸。朱美希望立刻向鵜飼打聽情報，但是在這之前，她有一件絕對必須先解決的工作。她發揮本領重新加熱料理，以新手幫傭的生澀態度表示「不曉得是否合您的口味」端菜上桌。餐桌幾乎擺不下的各種料理，使得遠山真里子發出喜悅的聲音。

「哇～好厲害。這都是朱美小姐做的？真的？哇～人不可貌相，妳廚藝真好，和咲子小姐做的料理好像。」

或許遠山真里子直覺非常敏銳。朱美有些驚訝，春彥也露出滿意的笑容。

「喔喔，看起來挺好吃的，實在不像是重新加熱過的東西。」

「唔！」

「這些都重新加熱過吧？畢竟在我外出的這段期間都涼透了。」

「是、是的，當然重新加熱過，我只用微波爐加熱一次。」

「哎，正常來說，不可能加熱兩次吧？」

真里子乾脆地如此說完，將加熱兩次的不正常料理送入口中。她表情立刻緊繃，籠罩著戰慄與驚愕，在下一瞬間綻放滿面笑容。「真好吃～是極品耶，這道馬鈴薯燉肉，快燉爛的馬鈴薯加上多汁的肉片，口感實在無法形容。」

「嗯，確實美妙。像是麻婆豆腐的勾芡程度，或是烤鮭魚的火候都很完美。咲子小姐做的菜也很好吃，不過二宮，你做的菜遠超過她，了不起！」

「……」

居然有這種神奇的事情。下次見到咲子夫人就告訴她這件事吧：「您做的菜用微波爐加熱兩次，似乎會變得更好吃。」

朱美看餐桌上的所有盤子幾乎見底時，回到廚房泡兩人份的紅茶。她以雙手捧著放有兩個茶杯的托盤，以不太穩的腳步端上餐桌。

剛好在這個時候，掛在飯廳牆上的電話響起。

朱美頓時慌張不已。電話就在她旁邊，但她雙手捧著托盤無法接電話。春彥與真里子似乎不忍心看她不知所措，幾乎同時起身要走向電話。

「沒關係，我來接。」春彥出言制止真里子之後拿起話筒。「喂，善通寺家。」

停頓片刻，電話另一邊的人似乎在說話。從話筒洩漏的聲音，聽在朱美耳裡只是隱約的雜音，因此完全無法得知對方的性別、年齡，又以什麼樣的聲音在講什麼。

但春彥一聽到對方的聲音，臉上就籠罩著極度的緊張情緒，只有這一點連朱美也清楚看見。春彥睜大雙眼，緊握著話筒僵住，微張的嘴似乎隨時會放聲大喊，實際卻說不出像樣的話語。相較於沉默的春彥，電話另一頭的人物似乎在單方面講事情。任何人都看得出來，話筒傳出的每句話都大幅震撼春彥內心，他現在的模樣完全可以形容為「啞口無言」。

「請問～」朱美走向春彥叫他。

「……」春彥毫無回應，保持沉默動也不動。不對，應該說動不了。「……」

看他這樣，感覺要是扔著不管，大概會好幾個小時都維持相同姿勢緊握話筒。總之朱美先把托盤放在餐桌，接著以更強的語氣再度呼喚。

「老爺！」

「啊？」握著話筒恍神的春彥總算抬起頭。「二、二宮，什麼事？」

「對方似乎掛電話了。」

朱美指著春彥手中的話筒。話筒傳來代表斷線的「嘟～嘟～」死板聲音。

「咦……啊，對喔。」春彥露出含糊敷衍般的笑容掛回話筒。「不，沒事，不是什麼重要的電話，哈哈哈。只是工作上的朋友回報一些事。」

然而，即使春彥嘴裡這麼說，他的樣子也明顯不對勁。他回到餐桌之後依然心神不寧，視線游移不定。不只是違反禮儀，將端到面前的紅茶一飲而盡，還在下一瞬間整個嗆到，嘴裡的液體噴得滿桌都是，從春彥至今的紳士言行，無法想像他會混亂到如此失態。

「伯父您居然做出這種孩子氣的舉動，怎麼回事？」

「老爺，還好嗎？」朱美總之是飾演關懷主人的幫傭，跑到春彥身旁輕拍他的背。

「我泡的紅茶，哪裡不夠周到嗎？」

「不，並不是這樣，是我不應該喝得那麼慌張，不是妳的錯。」

不斷難受咳嗽的春彥搖頭示意，他的話語依然沒有力道。

真里子也走到春彥身旁，擔心地觀察他。

「伯父，您氣色是不是不太好？都變得慘白了。」

確實如她所說，春彥不知何時臉色蒼白。

「怎麼回事，該不會感冒了？畢竟今晚特別冷。」

「唔……啊，說得也是，或許如真里子所說吧。這麼說來，我好像有點發燒。」

「既然這樣，吃藥之後盡早睡覺比較好。朱美小姐，不好意思，麻煩您帶伯父到寢室。」

「好的。」朱美依照吩咐，向前要攙扶春彥。

「不，不用了。」

「可是……」

「我說不用了！」春彥忽然放聲怒吼，甩掉朱美的手起身。「我自己能走，別管我！」

「……」

朱美嚇得立刻縮手。究竟怎麼回事？她完全無法理解眼前的男性為何態度大變。老實說，她甚至感受到恐懼。朱美和春彥應對至今，第一次抱持這種感覺。

春彥大概也終究覺得不妙。他努力露出笑容，試圖讓瞬間凍結的餐桌氣氛回溫。

「哈哈哈……真里子說得對，應該是感冒。哎，睡一晚立刻就會好，別擔心。」

「那麼，我等等拿藥過去吧？」真里子表達關懷。

「不，免了。沒這個必要。」

春彥同樣冷漠拒絕，以病人般的蹣跚腳步，自行走到飯廳入口，並且頭也不回，只說聲「晚安」就離開飯廳。朱美與真里子只能愣在原地，目送他的背影。

「究竟是怎麼回事？感覺好像忽然變了一個人。」

「搞不懂耶～是男人的更年期障礙？」

三

晚餐時間結束。

朱美端著髒餐具回廚房，發現裡頭有個飢餓的偵探。偵探以火熱視線看著泡麵，把開水注入電視氣象預告……不對，說錯了。偵探把開水注入泡麵，以火熱視線看著電視氣象預告。反過來的話會很麻煩。

「好寒酸的一餐。」

「居然忘記我們的晚餐，咲子夫人看似能幹卻意外地粗心。」

放在廚房一隅，畫質很差的電視上，氣象預報員正揮舞著棒子講解：『這場雪將繼續增強，在深夜到凌晨進入巔峰。推測平原積雪將達到十公分，山區可能高達三十至四十公分。』畫面於此時切換，映出車輛在大雪路上進退不得的樣子。

「會是大雪。」鵜飼看著畫面，遞出還沒開封的泡麵詢問。「妳也來一個吧？」他的言行毫無脈絡可循。

「我要吃。」朱美率直接過泡麵，開封注入開水。「我大概八年沒吃泡麵。」

「我大概三天。」

緊接著，新聞開始以快報方式，告知部分道路停止通行或得加裝雪鏈。『熊澤山丘通往奧床高原的豬鹿路，現在必須加裝雪鏈才能通行。』

「哎呀哎呀……」鵜飼精準等待牆上時鐘走三分鐘後攪拌泡麵。「既然現在就已經規定要加裝雪鏈，全面停止通行也是時間的問題。」

「是嗎？那就頭痛了。」

「確實頭痛。以善通寺家的位置，要到烏賊川或是奧床都得走豬鹿路，這條路禁止通行，等同於這裡孤立在山區。」偵探說完看向牆上時鐘。「妳的也三分鐘囉。」

不知何時，電視從氣象預報改為報導職棒消息。今年回顧賽事的話題，以去年球團合併事件中誕生的那支新球團為中心。

「資深球員很多，所以出乎意料地強吧？」

「嗯，只要打到第三名進入季後賽，想得到冠軍也不是夢。」

兩人一邊吃泡麵，一邊悠哉閒聊好一陣子。

「話說回來，春彥剛才外出究竟是怎麼回事？去了哪裡？」

「唔～這件事我實在摸不著頭緒。」

鵜飼開始述說剛才臨時外出的詳細狀況。

「春彥坐進後座之後，並不是直接說目的地，而是指示我沿著車子能走的道路開下去，大概就是『前面右轉』或『沿這條路直走』之類的，我只有依照指示開車。下雪夜晚的能見度不高，加上我不熟悉這裡的路，開著開著就完全搞不懂自己正開往哪裡。不過並沒有開太遠，車子大約行駛短短五分鐘。

後來，山路途中忽然出現一間民宅，那裡是春彥的目的地。我在門前空地停車，春彥就拿著手提包與傘下車，吩咐我留在車上等，然後穿過大門進入民宅。

我觀望一陣子之後，下車觀察門後。建築物看起來又大又氣派，但是僅止於此。門牌上是『水沼』兩個字，住在裡面的人應該姓水沼，但我沒看到屋內的人。本來想找路人打聽這家人的狀況，但畢竟是下雪的夜晚，又是在山上，附近一個人都沒有。而且春彥可能隨時會回來，所以我也不能離車子太遠。最後我就在完全沒頭緒的狀況待了四十分鐘。

然後，春彥又從相同的門走出來，若無其事坐進後座，以相同方式指引我開車。我依照他的指示開車，同樣花五分鐘左右回到宅邸。如此而已。」

鵜飼一鼓作氣說完，大口吃起泡麵。

「這是怎樣？」

「天曉得。或許只是臨時有東西要拿給叫做水沼的人。不過四十分鐘有點久。」

「那位水沼是女性嗎？」

「我很在意這件事，但如我剛才所說，無從得知那個家的狀況，當然也無法否認水沼家裡可能有女性。不過，幽會不可能只用掉四十分鐘，何況還讓司機在外面等，又是在晚餐前的時段。」

「說得也是。」朱美以高雅動作夾麵。「話說回來，這邊也發生怪事。是剛才發生的事。」

朱美詳細說明春彥剛才吃晚餐時的奇妙行徑。氣氛祥和的餐桌，因為一通電話而忽然籠罩緊張感。春彥後來明顯非比尋常，一副不希望別人看出他亂了分寸的樣子。

「你覺得呢？」

「這件事相當耐人尋味。」

「和春彥與遠山真里子的外遇嫌疑有關嗎？」

「遠山真里子？不，和她無關。就我所見，她只不過是借住在這座宅邸的女大學生。雖然挺有魅力，卻怎麼看都不像是和春彥關係匪淺。要是她心裡有鬼，不可能用那種滿不在乎的關西腔講話。」

「這是偏見吧？聽起來像是關西人都不會外遇。」

「總之，她給我的印象是無辜的。」

「我也有同感就是了。」

「另一方面，春彥明顯有問題。雖然我不曉得詳情如何，總之他的舉止有太多疑點，只令人認為他心裡有鬼。咲子夫人應該是看到他這個樣子，才會聯想到他可能外遇。不過，看來咲子夫人太早下定論。就我推測，這不只是春彥外遇這麼簡單，我實在無法不這麼認為。」

露天溫泉的惡徒（流平・櫻）

一

向日葵莊的夜晚。流平在暖氣夠強的飯廳餐桌就座，面對桌上的大餐。大餐的真面目是咖哩。

「但是，不准小看。」水樹彩子像是看透流平的失望情緒，指著桌上的咖哩盤。「聽好了，你仔細想想，這是十乘寺櫻與水樹彩子兩位美女攜手完成的咖哩，譬喻成電影就是集結兩大巨星，不是普通的咖哩。不對，這已經是不算咖哩的咖哩，只要品嘗一口，前所未有的感動就會充斥於口腔，這正是味覺的華麗鉅作！」

原來如此。吹噓到這種程度的咖哩，流平確實是這輩子第一次吃。吃了就發現，雖然不到吹噓的程度，但確實好吃。

「還做了很多配菜，請享用喔。」櫻滿臉笑容，細數桌上連角落都擺滿的菜色。「炸雞塊、烏賊天婦羅、味噌燉鯖魚、高麗菜沙拉、燙菠菜、醋漬章魚，還有……」

吃咖哩不需要這麼多配菜，不過餐桌菜色豐富一點是好事。三人的晚餐在和樂氣氛之下順利進行。但是一陣子之後，彩子向櫻開口。

「抱歉，可以幫我到廚房拿醬汁嗎？」

「好～」櫻回應請求進入廚房，同一時間，彩子桌面下方的腳踢向流平小腿。

「喂，你啊！章魚啦，章魚。」
「啊？」流平劈頭聽到章魚這兩個字也摸不著頭緒。「章魚怎麼了？」
「一定要吃。」彩子滔滔不絕輕聲說下去。「這些料理之中，只有這道『醋漬章魚』是櫻獨力完成的。只要你沒吃這道，這頓晚餐就毫無意義。如果不想害櫻難過，就給我吃，吃完之後要誇獎，這是你的職責。」
「這樣啊，可是我討厭吃醋漬的食物。」
「不准計較這種小事！」彩子從餐桌另一頭把臉湊過來。「所以是怎樣？在你心中，討厭醋漬食物的心情和喜歡櫻的心情比起來，你對醋漬食物的情感更勝於櫻？櫻比不上醋漬食物？」
「記得《蒲田進行曲》也有類似的臺詞？」
「怎樣都好，總之給我吃，拜託。櫻等同於我的妹妹，我不想讓她難過。」
不曉得該說是美麗的情誼還是怎樣。「明白了，我吃，我吃就行吧？」
「謝謝，欠你一個人情。」彩子輕聲道謝之後，放聲呼喚廚房裡的櫻。「櫻！抱歉，原來醬汁罐在餐桌上。」
「什麼嘛～難怪我到處找都找不到。」
櫻毫無疑心的回到飯廳就座。流平清楚看到，她的視線在一瞬間，看向擺在流平右前方的「醋漬章魚」。櫻確實等待流平踩到她預先設置，名為「醋漬章魚」的陷阱。
流平開始覺得碗中浸在醋裡的普通章魚彷彿地雷，不安地悄悄看向彩子。彩子以目光示意「動手」，流平不得已開始作戲。

「天啊，我為什麼至今都沒發現？我最愛吃的章魚居然在這裡……我開動了！」

流平吃了。這一瞬間，驚訝與震撼的情緒襲擊他。其實這道醋漬料理酸到衝腦。流平緊閉的雙眼自然泛出淚水，沿著臉頰滑落。

「……」

「戶村大人，您怎麼在哭？」

櫻擔心地觀察，流平面對這樣的她，不可能說出真話，只能拚命如此回應。

「好、好吃到，流淚……」之後他說不出話來。

「天啊，居然得到這樣的稱讚，我……我！」櫻一副感動到顫抖的表情起身，從飯廳衝到木板露臺，獨自朝著覆蓋四周的夜幕與不斷降下的雪大喊。

「我，好，幸，福～！」

二

咖哩與章魚的晚餐，沒造成任何傷亡就順利結束。時鐘走到七點整時，正在閱讀奧床高原導覽手冊的櫻忽然開心提議。

「哇，這附近有溫泉耶，要不要去看看？」

依照導覽手冊的介紹，向日葵莊不遠處有溫泉。用餐之後是洗澡，如果是溫泉就無可挑剔。不過，等一下，一個單純的疑問如同溫泉，從流平內心湧現。

「我至今沒聽過烏賊川市周邊有溫泉啊？」

「不過，名為清水旅館的溫泉旅館就在附近。」櫻說明之後忽然降低音量。「但我確實也沒聽過這附近有溫泉。」

「是沒有源泉的溫泉。」彩子揭開謎底。

據說世上很多冒牌溫泉旅館，是抽取地下水煮沸當成溫泉。但像是源泉、水質或效能這種東西，其實一點都無所謂，另一件事才是重點。「那裡是露天溫泉嗎？」

「是。怎麼了？」

既然這樣，就不需要源泉這種東西。

「走吧！」流平迅速起身催促兩名女性。「來，來，趁雪還沒變大之前出發吧，快點。來，彩子小姐也是。」

「唔，不，我還是免了。」彩子不知為何興致缺缺。「要去的話，你們兩人去就好，我在家裡等。」

「咦，為什麼？」櫻拉著彩子衣袖，希望她回心轉意。「難得有這個機會，和我一起洗吧？」

「是啊，彩子小姐，和我一起洗吧。」

「我為什麼非得和你一起洗澡？」

「不是混浴？」

「沒人說露天溫泉是混浴啊？」

原來如此。確實是流平太早下定論，這只是他的願望。

「不過也無妨吧？難得有這個機會，一起去吧？」

「唔～可是……」

彩子依然沒下定決心。流平在她耳際低語，試圖說服。

「要是彩子小姐沒來，將是我與櫻兩人來回旅館，您這樣也不在意嗎？沒人保證我看到剛出浴的櫻小姐還能保持冷靜啊？」

彩子至此終究屈服。

「明白了，三人一起去吧。放心，我並不是討厭泡溫泉。」

彩子說，走森林裡的小徑到清水旅館是捷徑。這裡提到的森林，是他們白天來這裡時，當成別墅背景欣賞的那座茂密森林。流平等三人帶著毛巾、換洗衣物以及最重要的手電筒，離開圓木小屋。

戶外下著雪，朝森林踏入一步就一片漆黑。但小徑已經積雪，只有路面是白色，這樣至少不用擔心迷路。

三人沿著山面的積雪坡道往上走，感覺來到很高的地方時，道路分成左右兩條。彩子毫不猶豫往左走，接著森林忽然出現一棟橙色燈光照亮的純日式兩層樓建築。

「這裡就是清水旅館。」彩子說。

進入掛著招牌的玄關繳費之後，三人立刻在領班的帶領下前往澡堂。流平在掛著男湯、女湯暖簾的入口處，暫時和兩名美女分開。

「不准偷窺啊。」

「請別偷窺喔。」

連她們按照慣例的叮嚀，聽在流平耳裡也覺得意義完全相反。流平等待兩人消失在暖簾後方，然後衝進更衣室，迅速脫掉衣服進入澡堂。

岩石浴池完全以積雪粉飾的光景充滿情調，但即使風景和裊裊蒸氣搭配形成沉穩的氣氛，現在這種事也不重要！流平一進入浴池，立刻朝露天溫泉的最深處，也就是名為「柏林圍牆」的部分進攻。如果隔離東西德的柏林圍牆是「冷戰」的象徵，隔離男湯與女湯的這道牆正是「溫泉」的象徵。

「高約三公尺。」並不是令人絕望的高度。「周圍的人數是……」

流平重新環視，就發現並非只有他在泡湯。不遠處的岩石後方，有一名大約四十歲前後的男性，他偏瘦的身體泡在水裡。再過去一段距離，有個將毛巾放在頭上，年約五十歲的男性。男性一看到流平就前來搭話。

「咦，你是傍晚那個人吧？」

流平對這個破嗓般的沙啞聲音有印象。仔細一看，是傍晚那場父子激戰的其中一人，記得叫做權藤源次郎。流平說聲「您好」點頭致意，權藤源次郎搖手哈哈大笑。

「當時讓你見笑了。畢竟那傢伙誤以為我這個父親在做小偷的勾當。明明自己找不到像樣的工作，卻動不動就數落我的工作，傷腦筋。」

「記得您從事建築業？」

「對，叫做『權藤建設』。哎，雖然規模不大，卻是在住宅建設領域累積實績至今的傑出公司。不只是新建或增建，現在尤其致力於改建工程。如果你的家人或親戚想改建，請務必聯絡『權藤建設』，會比別家便宜。」

和住宅改建完全無緣的流平，總之做出別惹對方不高興的回應。

「這樣啊，謝謝您。」

源次郎滿足點頭之後，單手拿著毛巾離開浴池前往淋浴區，坐在並排凳子的空曠一角清洗身體。他的背上似乎黏著一片褐色的竹葉，流平專注凝視想看出端倪，發現那不是竹葉，是傷疤，背上的傷疤。流平覺得看到不該看的東西而移回視線。就在這個時候，旁邊有人輕聲向他搭話。

「恕我冒昧，你認識那個人嗎？」

「唔！」冷不防聽到這個聲音的流平，慌張看向聲音來源。

位於那裡的，是剛才待在岩石後方的偏瘦中年男性。流平微微搖頭回應。

「不，不到認識的程度，今天才初次見面。」

「這樣啊。」男性像是害怕被源次郎聽到般，繼續壓低音量。「我住在這附近，不過聽過他各方面的傳聞，小心一點。『權藤建設』是重複進行不必要的改建工程，藉此吸金的『黑心改建業者』。」

「呃！」

黑心改建業者——流平也聽過這個話題。在改建風潮盛行的最近，某些業者刻意對年邁客戶進行無意義的補強工程或偷工減料，藉以賺取不當利益。「權藤建設」也是其中之一？

流平再度看向源次郎的背。源次郎哼著歌洗頭髮，似乎沒察覺這邊的對話。

「不過，您為什麼知道這種事？」

男性沒回答流平，直接回到剛才的岩石後方，一副不想繼續有所牽扯的樣子。

不久，源次郎從淋浴區回來，流平得以從正面看見源次郎的身體。他的左肩也有明顯的傷疤。源次郎察覺到流平的視線，甚至露出得意的笑容說明。

「在意嗎？左肩的這道傷疤，是三年前在暗處被暴徒暗算留下的。」

「您背上似乎也有傷疤。」

「是啊，背上的傷是五年前留下的，當時是生意上的金錢糾紛，被對方男性揮刀砍傷。其他地方也有喔，右手臂的傷記得是三年前，最新的是兩個月前……咦，在哪裡？記得在這附近……」

「慢著，那個，請不用炫耀傷疤。」

「這樣啊。總歸來說，公司沒辦法只以光明正大的方式經營，畢竟是金流龐大的生意，一旦發生麻煩事就很難收拾，託福我隨時得帶著刀子護身。」

「不過，既然會遭遇這種危險，您獨處不會擔心嗎？今晚您獨自住在別墅吧？」

「沒錯，但我獨處比較安全。即使是親人也無法信任，例如三年前右手的傷，是我親生兒子的咬痕。」

「英雄先生咬您的手臂？」

「不，我說的不是英雄，他是二兒子。咬我的是大兒子一雄。一雄是比英雄還誇張的不肖子。把頭髮染得像是女人，穿著吊兒郎當的花俏衣服，開著高價的車子到處跑，各方面都跟我不合，我們父子每次見面都會吵到打起來。那次打到最後，那個傢伙狠狠往我的右手咬下去，甚至留下清楚的齒痕。」

「……」聽起來好誇張。感受得到更勝於父子打架的憎恨。

「當時他的表情好像瘋狗，即使是我也打從心底嚇到。」

「那位一雄先生，現在在哪裡做什麼？」

「不知道，他離家出走了。不對，或許該說失蹤。他咬我之後沒多久就消失得無影無蹤，記得剛好是三年前的這時候。」

「說到三年前……」流平指向對方的左肩。「記得您說過，暴徒刺傷您肩膀也是三年前的事？」

「對，幾乎是相同時期。所以我推測那個暴徒其實是一雄。一雄光是在我右手留下齒痕還不滿足，認真想取我性命。」

「不會吧？」

「不，很有可能。一雄對我的事業不滿，而且恨我。最重要的是如果我死了，大部分的遺產都歸他，他具備充分的動機，所以一雄三年前埋伏在暗處襲擊我。但當時刀子只插入我的左肩。一雄失手了。畏縮的他擔心事機敗露，之後主動藏匿行蹤……就像這樣。不過，實際狀況不得而知，這件事也沒鬧上警局。」

應該說他自己做太多虧心事，所以不能鬧上警局吧？流平確定剛才那位偏瘦男性所提供「黑心改建業者」的情報是真的。

「既然一雄先生三年前失蹤之後就沒有消息，代表他生死未卜？」

「不，沒那回事。一雄活著。」權藤源次郎忽然露出近似害怕的表情。「會這麼說，是因為最近聽別人說，似乎在我烏賊川市中心的自家附近看見一雄。剛開始我以為只是誤認，但是目擊者不只一兩人，看來肯定是他本人沒錯。提供這些情報的人，以為我知道兒子平安會喜極而泣，但完全沒那回事。這是理所當然吧？我只覺得一雄回來是為了殺我。」

看來，權藤兄弟和父親源次郎之間，絲毫沒有一般父子的情感，相對的，還累積憎恨的情緒至今。這麼一來，也無法否定三年前沒殺掉源次郎的一雄，很可能再度回來取他性命，至少源次郎確實對此感到恐懼。

流平情緒變消沉，輕輕嘆了口氣。兩人之間忽然籠罩著沉默。

在岩石後方泡湯的偏瘦男性，或許認定時機成熟而忽然起身。他像是泡到頭暈，以蹣跚腳步走向更衣室離去。這麼一來，男湯的泡湯客只剩下流平與源次郎。

到了這個時候，流平回想起來到露天溫泉的首要目的。唔，差點忘了，我來露天溫泉不是為了悠哉泡湯，更不是來聽權藤源次郎閒聊，是來征服柏林圍牆。時間所剩不多，流平開始慌張。

不久，源次郎仰望雪花飄落的天空。

「啊，看來雪終於變大了，今晚得趁身體沒著涼前回去。小兄弟，我先離開囉，告辭。」

源次郎將毛巾掛在肩上，大步走出浴場。

源次郎進入更衣室之後，露天溫泉終於成為流平一個人的舞臺。現在就可以不用在乎旁人目光爬牆吧？流平滿懷期待來到牆邊。但他以耳朵貼著牆壁試探另一邊的動靜時，櫻忽然從另一邊呼喚流平。「戶村大人，我和彩子小姐要出去了，請戶村大人慢慢泡湯沒關係。」

「啊、啊啊，這樣啊。」結束了……在浴場多留無益……「我也正要出去。」

流平無力回應。

流平在暖簾前面等待櫻與彩子。不久，兩名美女從暖簾後方現身，肌膚紅潤得完全就是剛出浴的樣子。

「好舒服的溫泉。」

「好舒服的溫泉耶～」

「……」是怎樣的溫泉？記得是透明的、很溫暖，然後……不，這種事不重要。

「一點都沒錯，泡起來很舒服吧？」

「是的！」開心點頭回應的櫻，散發微微的皂香。

三人沿著走廊前往玄關大廳。在大廳裡，身穿浴衣的男女在沙發休息，應該是旅館房客。來到鞋櫃區，剛才一起泡湯的中年男性正在穿鞋，權藤源次郎在自動販賣機那裡享受出浴的啤酒。單手拿著啤酒的源次郎眼尖看見水樹彩子，立刻前來搭話。

「嗨，妳是傍晚那位氣勢十足的女性吧？喔喔，剛才看見妳就覺得很漂亮，剛出浴的樣子更加美麗。怎麼樣，要和我喝一杯嗎？這也是一種緣分，我很樂意請妳喝啤酒。」

「不用了，謝謝您。」彩子困惑般看向下方。「抱歉，我去個洗手間。」

源次郎目送彩子快步離去的背影，不高興地哼了一聲。「什麼嘛，我難得說要請客，那個女的真冷漠。」

源次郎咒罵著離開自動販賣機旁邊，改為糾纏沙發上一對穿浴衣的男女。這對情侶明顯露出困惑表情，源次郎卻反而樂在其中的樣子，令人覺得權藤源次郎這個人的心態俗劣到無藥可救。穿好鞋子的中年男性，像是不想有所牽扯般迅速從玄關離開，櫻像是害怕被鬼抓走的孩子，躲在流平身後。不久之後彩子回來，輕拍兩人的肩膀。

「好了，回去吧。和那種人喝啤酒會沒完沒了。別墅冰箱就有冰啤酒，我們三人回去喝吧。」

流平等人留下權藤源次郎，離開清水旅館。

【深夜篇】

扇町街的突發事件（刑警們）

一

和泉刑警與志木刑警，繼續在扇町街周遭查訪。依照「井上攝影商會」老闆的證詞，遇害者經過「井上攝影商會」前面時已經遇刺。這麼一來，遇害者很可能是在扇町街至「井上攝影商會」的某處遇刺。兩名刑警抱持通宵的決心全力查訪。

然而，時間來到凌晨零點，「觀測史上最深積雪」的氣象預報逐漸成真，兩人難以繼續執行查訪任務。因為街上已完全沒有人影。

「前輩，還是作罷吧。」志木首先發難。「就算我們是再幹練的刑警，繼續查訪也沒有意義。請看，現在雪這麼大，街上只有我與前輩。」

「似乎如此。」和泉刑警環視冷清的街道，透露遺憾心情。「沒辦法了，休息一下吧，畢竟也餓了。喂，你知道這附近有什麼可以兩人好好吃飯討論的店嗎？」

「啊，那要不要去這裡？這裡就可以兩人共處好好討論，應該也能用餐。」

「喔，原來如此，這裡很合適。休息四千五百圓、住宿八千圓啊……」和泉刑警露出壞心眼的笑容。「所以，要選哪一種？」

「咦？」志木瞬間怯懦語塞。「哈哈，前、前輩，真是的，我只是開玩笑啦。」

「什麼嘛，開玩笑啊，那就算了。」和泉刑警開朗回應之後，像是剛才對話沒發生過般輕盈轉身，指著馬路另一邊的某棟住商綜合大廈。「喔，那棟大廈應該有深夜營業的咖啡館之類的店，去看看吧。」

　正如和泉刑警的推測，綜合大廈裡有兩間通宵營業的店。和泉刑警在電梯前面再度詢問。

「KTV酒吧『高歌的蟒蛇』，以及簡餐咖啡館『不眠館』。要選哪間？」

「…………休息四千五百圓。」

「來不及了。」後輩依然不死心。和泉刑警哀憐般低語。「這話題結束了。」

「……我想也是。」志木咬唇注視天花板。啊啊，我究竟在搞什麼？我是笨蛋，是大笨蛋。簡直是在九局下半只差一分，兩好三壞兩出局滿壘局面，因為過度緊張而呆呆放過正中直球三振出局的明日之星。但是太遲了，絕佳好球已悠然經過面前！

　志木陷入強烈的自我厭惡情緒，以殺氣騰騰的視線向前輩刑警訴求。「請讓我在KTV高歌！」

「哎，別這麼氣。」和泉刑警安撫著有點激動的志木刑警。「還是挑咖啡館吧。即使是深夜，我們終究是執勤中的刑警。」

　兩人搭電梯前往簡餐咖啡館「不眠館」。

　店裡幾乎是開店歇業狀態。掛在天花板的燈，微微照亮無人的餐桌，唯一的客人是坐在吧檯座位的中年男性，趴在桌上一副睡著的樣子。志木與和泉刑警占據店裡最角落的餐桌，兩人先點了乾咖哩與牛肉燴飯填飽肚子，然後單手拿著咖啡，為今晚查訪的淒慘成果嘆息。
「到目前為止，目擊者只有相機行的老爺爺。」
「不過，遇害者那麼漂亮，走在街上肯定相當引人注目。」
「在平常夜晚肯定如此，但今晚很特別，狀況太差了。行人都是快步走路，而且都在注意腳邊，平常街上隨處可見的醉漢也不見人影，這樣難免無法提升查訪成效。即使如此，肯定有人看見遇害者，但目擊者應該在我們開始查訪之前就快步返家，只是我們沒見到。」
「但願如此。」志木說著深深嘆口氣。「不過，當刑警真累。前輩不認為嗎？」
「沒辦法，這也是自己選的職業。」
「對了，前輩，我之前就一直想問一次，您為什麼要當警察？因為想制裁壞人？還是想開槍？」
「笨蛋，不是這種怪理由。我的狀況很簡單，因為我父親是警察，所以我大學畢業之後，以成為公務員為目標讀書，參加好幾種考試之後只考上警察。」
「哇，父女兩代都當警察啊，真厲害。」
「那你呢？為什麼當警察？基於社會正義？」
「前輩，您說這什麼話，我只是想找個鐵飯碗，才進入名為警界的『公司』當警察。雖然不是自豪，但『保護社會與人民』這句話，我只在面試時說過一次。」
「這樣啊，也好。但烏賊川警局是否算是鐵飯碗，還是一個問題。」

「畢竟有砂川警部。」志木嘆出今晚最長的一口氣。「我搞不太懂砂川警部的想法，到頭來，他究竟有沒有幹勁又是否優秀，至今也還沒定論。前輩，您認為呢？」

「你說這什麼話，這部分不是早有定論嗎？」和泉刑警以充滿自信的語氣斷言。

「那個人沒幹勁又優秀。」

「沒幹勁又優秀……有這種人？」

「現實真的有這種人，那也只能接受了。」

既然前輩這麼說，也只能接受了。志木如此心想。

兩人喝完咖啡離席。到收銀檯向年邁店長結帳開收據時，志木向店長詢問他忽然想到的一件事。

「對了，請問今天晚上，有沒有一位約三十歲的美麗女性來這間店？她應該穿著灰色套裝加米色大衣。」

在金額欄位寫上數字的店長，以客氣的語氣如此回答。

「啊，確實有一位這個打扮的女性來過，記得是快七點的時候吧。是的，她是一位令人驚豔的美麗婦人。」

肯定沒錯，就是遇害的女性。她在這間咖啡館度過死前最後的時光。志木難掩興奮，店長朝他投以疑惑的表情詢問。「請問您是？」

「警察。」志木帥氣地拿出手冊給他看。

店長看都不看手冊一眼，說聲「明白了」之後，在收據的姓名欄位寫上「警察大人」蓋上店章。志木接過收據交給和泉刑警，再度詢問店長。

「那位女性只有一個人？」

「剛開始是一個人，記得她點的是紅茶，不過她的同伴很快就來了。」

「後來有其他同伴過來？男的女的？」

「是男性。他的特徵？這個嘛，他身穿黑色大衣，體格普通，看起來年紀不大，但我沒辦法清楚說他幾歲，而且他戴墨鏡，所以我也沒仔細看長相。何況那位先生只在店裡待一下，女性在男性抵達之後立刻離席買單，兩人就這樣一起離開。」

「那麼，那位男性什麼都沒點？」

「是的，沒脫大衣就立刻離開。」

真可疑，簡直像是避免他人看見長相。

「他們幾點離開這間店？」

「應該是剛過晚間七點的時候。」

「兩人是否提過離開店裡要去哪裡？」

「這個嘛，我沒印象。」

志木問完店長，轉身面向旁觀的和泉刑警輕聲討論。

「前輩，肯定沒錯。那名女性是遇害者，和她一起離開的黑色大衣墨鏡人正是凶手。」

「嗯，有可能。話說回來，喂。」和泉刑警把志木剛才遞來的收據舉到他面前。「這張收據請款時會出問題，名字只寫『警察大人』，根本不知道是哪個警察，畢竟奧床市也有警察……店長，不好意思。」

「請問有什麼事？」

「麻煩把名字重寫成『烏賊川警局大人』。」

「明白了。」

「還有一件事。」和泉刑警追加志木冒失忘記的一個問題。「那位女性應該帶著包包，您記得是怎樣的包包嗎？」

「包包是吧，這麼說來，我記得她確實拿著某個東西……」店長發出聲音思索片刻之後抬起頭。

「啊，對了對了，忘記叫什麼名字，是好萊塢知名女星愛用的包包。我想想……不是夢露，也不是褒曼……」

「您是說葛莉絲．凱莉？」

「對，就是她。葛莉絲．凱莉拿的那種大型包包。叫做凱莉包吧？那位女性也提了一個，記得是粉紅色。」

「明白了。謝謝，您幫了大忙。」

和泉刑警接過收據，輕拍志木肩膀。「走吧，先回警局向砂川警部報告。」

二

志木刑警與和泉刑警走出綜合大廈，立刻在強風與大雪吹拂之下板起臉。兩人放棄撐傘，下定決心踏出腳步。人行道只有他們兩個行人，馬路只有加裝雪鏈的車子勉強能前進。沒裝雪鏈的車子雜亂排列在路邊。扇町街周邊原本就經常有車子亂停，但今晚特別多。

「前輩，要是全部開罰單，可以進帳不少喔。」

「是啊。」和泉刑警也面帶無奈眺望違停車輛。「不過，只有今晚難免得網開一面吧？畢竟是出乎意料的大雪，沒準備雪鏈的駕駛，應該是不得已暫時把車子扔在路邊先行回家，總比硬是開車導致出事來得好……唔！」

和泉刑警的表情忽然變得嚴肅。志木沿著她的視線看去，是停在路肩的高級黑頭車。當然是違停。而且車子旁邊有個身穿黑色外套的年輕男性，年紀大約二十上下，至少不像是開高級黑頭車到處跑的人。這名男性環視兩側觀察周遭狀況，一察覺志木他們，就裝作若無其事，背對車子點菸。

「別看他啊。」和泉刑警在志木旁邊低語。「面不改色走過去。」

「我明白。」志木期待的心情在內心高漲。

「在前面轉彎吧。」

兩人向四周散發「完全沒看到高級車與外套男子」的氣息經過該處，在前方約十公尺處的白色建築物轉彎。兩人當然在轉彎瞬間停步回頭，從白色建築物與電線桿的夾縫窺視，發現剛才的黑外套男子扔掉剛點燃的菸，取出藏在外套底下的小鐵撬。

「看，果然想偷車上的東西。」

「趁大雪夜晚下手，虧他想得到。」

「但那個傢伙運氣不好，不曉得刑警近在眼前。」和泉刑警竊笑般說完，輕聲指示志木。「趁他使用鐵撬，就當成現行犯逮捕。」

「好的。」志木輕聲回應，屏息等待那一瞬間。

不過，這名外套男子出乎意料對這種犯罪不太熟練。雖然準備小鐵撬，卻不曉得該破窗還是破壞車門，連這種基本的事情都明顯無法抉擇。

「菜鳥，這方面好歹也先做功課吧！」

「車窗或車門都好，快動手啊！」

兩名刑警在建築物後方，斥責激勵著這個試圖破車的小偷。

「我們究竟在做什麼？」

「感覺好蠢。」

他們做出這個結論，最後決定在對方動用鐵撬之前現身。兩名刑警從建築物後方一起衝出去，在歹徒依然背對時，一鼓作氣拉近距離。歹徒察覺身後異狀轉身，此時志木和對方的距離大約兩公尺。

「喂，先生！」志木儘可能以嚇人的低沉聲音大喊，外套男子顫抖愣住。「你在那裡做什麼！」

就算詢問，外套男子當然不會老實回答。對方把鐵撬扔向志木腳邊當成回應。

「危險！」志木輕盈一跳，千鈞一髮躲過鐵撬，但是志木鬆口氣時，後方意外地傳來尖叫聲。志木連忙轉身一看，和泉刑警按著右腳倒在積雪的路上。「好痛……」

「哇，前輩，還好嗎？」

「別……別忽然躲開啦……志木～」

「就算您這麼說……」

「喂！」和泉刑警指向志木身後。「別讓那個傢伙跑掉，去追，快追啊！」

仔細一看，剛才扔出鐵撬害和泉刑警腳受傷的外套男子已經逃跑，志木也連忙追過去。但志木在追趕瞬間，就體認到自己沒勝算。對方似乎考量到這種可能性，刻意預先穿了釘鞋，志木則是普通的皮鞋，誰在雪地跑得比較快可想而知。穿過第三條巷子，轉過第四個轉角時，志木完全追丟外套男子。「唔，可惡！」

志木感受著不悅的情緒回到原處。高級黑頭車得以完好如初，旁邊則是和泉刑警微微抬起右腳站立，令人不忍正視的樣子。

「前輩，抱歉，對方逃走了。」

「這樣啊。哎，這也沒辦法，剛才稍微從容過度。」

「腳不要緊嗎？」

「放心，沒什麼大礙。不提這個，喂，你看。」和泉刑警撥掉高級車上的積雪。「這輛是賓士耶。」

「嗯，似乎沒錯。所以怎麼了？」

「不覺得奇怪嗎？即使下雪導致車子不好開，駕駛卻不曉得跑去哪裡，把這種高級車扔在路肩一個晚上。一般至少會找個停車場停放吧？」

「捨不得花停車費，所以停路肩……應該不可能吧。畢竟賓士車主是有錢人。」

「我也這麼認為。這樣簡直像是請別人偷走。」

「會是怎麼一回事呢？」

「接下來是我的推理。」和泉刑警靠在賓士旁邊。「這輛車的駕駛，在周圍還有人的時段，把車子停在這裡。雖然是違停，但原本應該不打算停太久。然而駕駛基於某個原因，沒辦法回到車上。」

「某個原因？」

「例如……被殺。」

「咦，請等一下。前輩的意思是這輛賓士的駕駛，可能是那件命案的遇害者？」

「有可能吧？從遇害者身穿的衣物判斷，她是有錢人，開賓士也不奇怪。從地理要素考量，從這裡很快就能走到那間咖啡館。總之先聽我說。遇害者在將近晚間七點時，把車子停在這裡，前往咖啡館。不久，身穿黑色大衣戴墨鏡的男性前來會合，兩人一起離開咖啡館，後來兩人可能是走路，或是搭那名男性的車，總之朝鶴見町的方向移動，男性在途中刺殺女性後逃逸，遇刺女性就這麼像是夢遊病患在四周徘徊，經過『井上攝影商會』前面，在鶴見街的馬路斷氣，結果這輛沒人駕駛的賓士就被遺留到現在。志木，怎麼樣，有哪裡不合邏輯嗎？」

「不，聽前輩這麼說，我也覺得有可能。」

「對吧？這當然不是結論，我的意思是值得調查看看。總之記下車號吧。」

志木繞到車頭，依照吩咐確認車號。

「我看看，『奧床33・NE・052……』」

「喔，奧床市啊，那個地方現在應該下大雪吧。」和泉刑警像是不經意讓思緒飛到盆藏山腰的高原城市低語。「總之，回去之後調查這個車號。」

「好的。」志木將車號寫在手冊收進懷裡。「雖然只是直覺，但好像逐漸接近案件核心了。」

「但願如此。」

「肯定是如此。好了，回警局吧，砂川警部在等我們。」

志木說完，再度從積雪人行道踏出腳步。

「好、好痛……」

然而在下一瞬間，志木身後傳來虛弱的叫聲。他驚訝轉身，愕然睜大雙眼。直到剛才都面不改色的和泉刑警，按著受傷的右腳蹲在雪地。

和泉刑警非比尋常的模樣，使得志木瞬間得知事情多麼嚴重。

「前、前輩，還好嗎？該不會骨折了吧？」

「放心，只是小傷。」

「總之現在立刻去醫院，我來背前輩。來，快到我背上，現在沒空害羞。」

「知、知道了，既然你這麼說，就受你照顧吧，抱歉。」

「前輩，您說這什麼話？也不想想我和您的交情。」

志木背起和泉刑警前進。

「……前輩。」

「什麼事？」

「到了。」

「好快！」

背著和泉刑警的志木，站在「白樺醫院」的招牌前面。說來無奇，他們所在的門口，正是剛才一起用來藏身的白色建築物。

「我說啊……」和泉刑警維持志木背著的姿勢，輕拉他的頭髮。「既然這麼近，我單腳跳也跳得到吧！別多管閒事。」

「就算這麼近，我也想背您啊……」

「所以我才說多管閒事。」和泉刑警跳下志木的背，只以左腳站在白樺醫院門口。

「不好意思～麻煩掛急診～」

三

「……警部，就是這樣。」

志木在醫院等候室打手機，向烏賊川警局的砂川警部說明狀況。包括咖啡館「不眠館」店長提供的情報、遇見竊車賊的意外事件，以及和泉刑警對路邊賓士的推理。將這些事情逐一說完，通話時間自然很長。相較於說完一輪的志木，砂川警部以簡單的話語述說感想。

『短短時間發生好多事。』

「發生太多事了。對了，趁沒忘記的時候先說。」志木將問題所在的賓士車號告訴砂川警部。「可以請您調查這輛車的車主是誰嗎？或許和遇害者有關。」

『知道了，我立刻調查。話說回來，和泉刑警傷勢怎麼樣？骨折嗎？』

「正在照X光，還不能斷定骨頭是否出問題。」

『知道了，有消息再通知我。』

志木和砂川警部的通話暫時告一段落。志木動也不動地坐在陰暗沁涼的醫院等候室一角等待。接著他的手機終於響了，是砂川警部來電。

『志木，查出賓士車主了。』

「查到了？」

『嗯，車主是善通寺春彥先生，地址是白熊郡豬鹿村大字山田三三九。聽到這些資訊有想到什麼嗎？』

「豬鹿村的善通寺，記得有一位知名的畫家。」

『沒錯，就是善通寺善彥大師。春彥是他的兒子，而且同樣是畫家，年齡約四十前後。記得他的夫人很美麗，叫做幸子還是咲子之類的。』

「那麼，遇害者或許是那位善通寺春彥的妻子，要不要打電話確認？」

『且慢，這麼匆忙也沒用。簡單來說，只不過是遇害者生前去過的咖啡館旁邊，停著善通寺春彥先生的車，現階段無法斷定遇害者是善通寺家的人。不能以這種模糊的根據，就在半夜打電話吵醒對方，這樣很沒禮貌。』

車主出乎意料來自名門，砂川警部似乎變得相當慎重。志木能理解他的心情。

「那麼警部，該怎麼做？」

『沒辦法了，等明天早上打電話詢問吧。如果那裡的夫人失蹤或聯絡不上，那位遇害者就很有可能是善通寺先生的妻子。』

然後，砂川警部像是為當晚的辦案工作做總結般下令。

『總之，和泉刑警傷勢治療完就先回局裡，明白了吧？』

在深夜挖洞（鵜飼・朱美）

一

正如電視氣象播報員的預測，雪勢進入深夜更大，山區積雪已經超過二十公分，是當地創紀錄的大雪。盆藏山附近各處的道路當然停止通行，貫穿豬鹿村通往奧床高原的大動脈——豬鹿路，也因為下雪導致視野不良，終於在凌晨零點全面停止通行。就這樣，善通寺家……不對，不只善通寺家，豬鹿村的住家與聚落，大多陷入聯外交通斷絕的孤立狀態。依照最新的氣象預報，這場雪會下到天亮。順帶一提，豬鹿村明天早上的最低氣溫，預估是零下五度。

「零下五度！」

躺在幫傭房聽廣播的朱美，不由得坐起上半身。

現在時間將近深夜一點。

鵜飼應該正依照之前和委託人的計畫，進行深夜的監視工作。從轉角房間的旋轉窗專注監視善通寺春彥的房間，是一件需要毅力的工作，而且依照鵜飼自己的見解，春彥和真里子沒有曖昧關係，兩人在今晚幽會的可能性極低。即使如此，委託依然是委託，鵜飼可不能偷懶沒在今晚監視，但依照他不正經的個性，現在肯定因為寒冷、睡意以及枯燥而鬆懈下來。

對，換句話說，輪我出馬了。朱美如此心想，套上房裡預先準備的寬鬆厚上衣走出房間。

「就算再怎麼冷，只要待在房裡，應該不用擔心冷死……不過有個很貼心的詞叫做『勞軍』。」

朱美上樓之前先到廚房。廚房空無一人。朱美花點時間思考步驟之後，總之以爐火燒水，在水燒開之前準備保溫瓶，預先放入即溶咖啡、牛奶與大量砂糖，等到水燒開就倒入保溫瓶關緊。「接下來……」朱美雙手抓住準備周全的保溫瓶，做出酒保調酒般的動作。「搖！搖！搖！搖！」完成了。朱美拿著裝有世界最敷衍咖啡的保溫瓶，意氣風發離開廚房。

「只要沒多說什麼就遞出去，看起來肯定是普通的咖啡！」

朱美沿著走廊來到玄關大廳。掛鐘顯示現在是凌晨一點。周圍沒人，如同整座宅邸在沉睡，寂靜到毛骨悚然的程度。如今連吹拂窗戶的風聲也靜止，天候似乎暫時進入平穩狀態。但堪稱聲音的聲音都消失之後，反而提升黑暗的恐怖，感覺不太舒服。朱美小跑步穿越玄關大廳，沿著通往二樓的階梯踩了幾步。

「？」

朱美忽然停下腳步。在寂靜之中，她似乎聽到某處傳來開門聲。朱美豎耳確認狀況，感受到二樓走廊有某人的氣息。肯定沒錯。確實聽到木板走廊傳來清脆腳步聲，而且聲音似乎往這裡接近，因此朱美不動聲色回頭往下走。她環視周圍是否有地方藏身，發現階梯底下剛好是空的，總之她衝進那裡縮起身體，如同要讓自己融入周圍的黑暗。不久之後……

……嘰……嘰……嘰。

一階階踩踏階梯的軋轢聲，在她的頭上響起，有人正在下樓。朱美繃緊身體。腳步聲緩緩經過她頭上，來到一樓。

這麼晚了，會是誰？

朱美從階梯後方空間稍微探出頭，試著確認對方身分。雖然看不到臉，卻看得到背影，是男性。身穿厚實的羽絨外套與寬鬆長褲，圍著一條顏色不起眼的圍巾。男性來到一樓，就這麼背對朱美筆直走向玄關。朱美抱持著感到意外的心情繼續觀察，男性在她眼中謹慎開鎖，像是提防四周般微微開門，戶外寒氣瞬間拂過朱美臉頰。男性呼出一口白色的氣衝到戶外，此時，他的側臉首度浮現在玄關的夜燈燈光。

是善通寺春彥。

不過，他在這種時間外出，究竟有什麼事？

朱美抱持疑心，鑽出剛才躲避春彥的階梯下方。接著，就在同一時間……

……嘰……嘰……嘰。

樓上再度傳來踩木板的軋轢聲。糟糕，還有人。朱美慌張轉身仰望樓上，發現一個神祕的黑影。朱美備感恐懼而佇立不動，她沒有餘力躲藏，還不由得脫口詢問「是誰！」。但她錯就錯在不應該忽然詢問。在下一瞬間……

「咕咚！」黑影一腳踩空，就這麼成為落體，發出「咚、咚、咚咚咚咚……」的響亮聲音，重重摔落階梯。「咚咚咚咚……」

「呀啊啊啊啊！」

朱美害怕到就這麼杵在原地放聲大叫。像是保齡球滾落的神祕物體，維持這股力道把朱美當成保齡球瓶撞飛，滾到玄關才總算停止。

「到、到底是怎樣！」

在一屁股跌坐在地上的朱美面前，神祕物體若無其事迅速起身，在嘴脣前面豎起手指發出「噓～！」的聲音要求肅靜。「請・安・靜！」

「最吵的是你！」

「唔，什麼嘛，還以為是誰，原來是朱美小姐。」說完鬆一口氣的這個人，當然是鵜飼。鵜飼以感覺不到摔下階梯受創的輕盈動作站起來。「春彥剛才有來嗎？」

朱美筆直指向玄關大門。「他剛才出去了。」

「什麼？去外面？喔，這樣啊，這樣啊，那剛好。」

鵜飼不慌不忙拍掉西裝的灰塵，看來毫髮無傷。

「不用去追？你在監視他吧？」

「現在慌張跑出去，反而容易被發現。放心，不成問題。反正外面冰天雪地，他留下的腳印不會輕易消失，很快就追得到。」

他說的確實沒錯，無須慌張。朱美平復心情提問。

「發生什麼事？」

「沒什麼，如妳所見。我一直在監視春彥的房間，就在剛才，春彥寢室的門忽然打開，他從裡面探出頭，觀察周圍確定走廊沒人之後離開房間，身上穿著羽絨外套與長褲。我決定暗中跟蹤，後來……」

「後來就摔下樓？」朱美嘆了口氣。「所以，春彥在這種時間去哪裡做什麼？」

「不像是在深夜和外遇對象幽會，總之跟蹤他應該能知道某些事。好啦，差不多該追蹤了。」

「我也要去。」朱美強行提出要求。「因為似乎很好玩。」

二

走出玄關一步，放眼望去都是厚厚的雪。雪地確實清楚留著一條剛才有人走過的足跡。就眼中所見，周邊沒有人影。足跡走出玄關就往右，直接繞到宅邸後面。

「好，走吧。」鵜飼迅速帶頭沿著足跡前進，但是走到宅邸轉角處，鵜飼忽然抱頭大喊。「啊哇哇哇，糟了！」

「什麼啊，怎麼回事？」

「雪這種東西是雙刃劍，我太大意了。」鵜飼轉身指著兩人剛走過來的路，純白雪地清楚殘留兩人剛造成的足跡。「如果春彥現在回來發現這些腳印，將立刻察覺有兩個人跟蹤他，我們的真實身分將會敗露。」

「這麼說來也對。」朱美再度失望嘆氣。「為什麼現在才發現？太慢了。」

「坦白說，我沒在雪地跟蹤過別人，因為我們的城市很少積雪。」

「真是的，你有夠冒失！」

「是我的錯。不過話說回來，在這麼急迫的場面，妳緊抱那是什麼東西？」

「咦？哪有什麼……啊～！」朱美緊抱著保溫瓶。「糟糕，我應該放屋裡的。」

「哎，事到如今也無從挽回。留下的腳印沒辦法消除，追蹤春彥不能半途而廢，妳的寶貝保溫瓶也不能扔在這裡吧？」

「這保溫瓶沒那麼寶貝就是了。」

最後，兩人下定決心再度踏出腳步，並且祈禱降下的雪早點掩蓋他們的腳印。

正如預料，春彥的足跡延伸到宅邸後方，筆直通往後院一隅的木造小屋。是儲存園丁工具的倉庫。倉庫門開著，裡頭透出橙色燈光，春彥似乎在倉庫準備某些工具。

兩人躲在樹叢後方，等待春彥走出小屋。

不久之後離開小屋的春彥，左手提著明亮的提燈，右手拿著鏟子。幸好春彥關門之後，朝著和偵探他們相反的方向前進。朱美鬆了口氣，旁邊的鵜飼不自在地低語。

「提燈與鏟子啊。該不會要在三更半夜剷雪？」

鵜飼與朱美等待一段時間之後繼續追蹤。春彥的足跡從後院回到宅邸正面，卻沒有前往玄關，而是沿著遼闊的西式庭園蜿蜒而去。春彥拿著鏟子究竟要去哪裡？兩人更感興趣追蹤，發現足跡最後通往宅邸西側不遠處。那裡是鵜飼當作據點的車庫，隔一段距離的地方，是現在沒蓄水的乾涸葫蘆池。

池邊有提燈的燈光，使得春彥以及陌生孩童的身影浮現在黑暗中。寒冷導致春彥的影子微微顫抖，另一方面，孩童的影子動也不動。仔細一看，這個孩童原來是池邊裝飾用的尿尿小童，當然不會動。但春彥不曉得想到什麼事，自己使力硬是搬動尿尿小童，而且是以雙手抱著往上抬。看春彥順利就抬起來，應該不是連接水管的正統尿尿小童，只是放在地面的擺飾。朱美靠在庭院的桃樹旁，不由得輕聲詢問。

「他在做什麼？真是奇妙的光景。」

「我們也沒資格說別人就是了。」

說出這句話的鵜飼拚命扭轉身體，像是要讓扭曲的松樹枝枒和他同化。總之兩人在暗處，專注觀察春彥的一舉一動。

春彥將抬起來的尿尿小童放在約兩公尺遠的地方，至今擺放尿尿小童的地面裸露在外。在不斷降下的雪中，只有那裡露出黑色的泥地。春彥再度握住鏟子，將前端插入黑土表面。到了這個地步，已經可以預測他接下來的行動。實際上，春彥也開始進行正如預料的行動。

沙、沙、沙……

他在挖洞。鏟子挖出泥土的沙沙聲、提燈的光線、持續降下的雪、全神貫注挖掘地面的男性身影。遠眺這一幕的朱美，感覺一道冷汗流經背脊。

「他究竟在挖什麼？」

「天曉得。不提這個，朱美小姐。」鵜飼指著車庫二樓提議。「要不要轉移陣地到我的房間？那裡剛好可以監視春彥挖洞，最重要的是不會凍壞。」

沒錯，一直待在這種地方，會在春彥挖完洞之前冷死。死了就無法見證春彥在挖什麼。

「明白了，走吧。」朱美二話不說就接受鵜飼的提議。

三

鵜飼與朱美以樹叢或樹幹藏身，順利抵達車庫，跑上二樓進入房間。他們不可以開燈。這裡沒有暖氣，即使是殺風景的房間，但是有天花板與牆壁就令人謝天謝地。相較於寒風吹拂、雪花飛舞的戶外，這裡簡直是天堂。朱美鬆一口氣時，旁邊的鵜飼打開附設的衣櫃檢視。「我找到好東西了。」他從衣櫃拿出工地工人穿的禦寒衣物。「雖然不好看，但保暖功能非常好，這件給妳穿吧。」鵜飼將衣服拿給朱美。「相對的，我要保溫瓶。」

就這樣，朱美得到溫暖的衣物，鵜飼得到溫暖的咖啡。

接著鵜飼從自己行李取出望遠鏡，搬椅子到深處窗戶旁邊，將椅子反過來跨坐，仔細地以望遠鏡觀察。

「嗯，挖很深了。現在洞的直徑大約七、八十公分，深二、三十公分。」

「他究竟在挖什麼？」

「天曉得，或許是在挖屍體。」

「怎麼可能，哈、哈哈……你是開玩笑吧？」

「不，並不是完全開玩笑。至少他在這種大雪紛飛的深夜專程跑來挖洞，肯定在挖非常重要的東西。」

「就算這樣，你說他在挖屍體也太異想天開了，肯定是早期偵探小說看太多。」

「或許吧。但現在是深夜，又下大雪，加上古老的宅邸和神祕的畫家，難怪他在暗中挖洞。這些要素組合成舞臺簡直完美吧？不把這個場面想像成挖屍體反而困難。如果他不是在挖屍體，那是在挖什麼？難道是溫泉？」

「我覺得不是溫泉。」

「看吧，不是溫泉就是屍體。」

「只有兩個選項？」朱美覺得兩種都不可能。「喂，借我一下！」

朱美半強硬搶過鵜飼手上的望遠鏡觀察窗外。雪依然不斷降下，善通寺春彥繼續孤獨進行作業。他蓬亂頭髮、緊閉著嘴默默挖洞的樣子，沒有白天那位圓融理智畫家的影子，簡直像是另一個人格轉移到春彥體內。

不知不覺，洞的深度即將達到四、五十公分。春彥像是要測量洞的深度，將鏟子立在洞的中央專心注視，接著再度開工。和剛才一樣，露出駭人的表情默默挖洞。

朱美再度提出相同的問題。

「他……他究竟在挖什麼？」

「天曉得。」鵜飼說完從朱美那裡搶回望遠鏡觀察。「就我看來，那個人果然是在挖某人的墓。」

看起來確實是這樣。朱美剛才以望遠鏡觀察之後也這麼認為。

「那麼，究竟是誰的屍體？」

「問這個問題還太早，等挖出屍體再問也不遲。喔，看來洞已經挖得很深，我覺得差不多該挖出一些東西了……咦？」

鵜飼以緊張的動作，重新握好望遠鏡，狀況似乎出現變化。朱美也跟著以肉眼看向窗外，看得見雪幕另一邊有個模糊的男性身影。在提燈光線之中，善通寺春彥單手拿著鏟子佇立不動，直到剛才都持續活動的軀體失去生氣，一副鬼上身的樣子。

「春彥的樣子不對勁。」

「嗯，確實不對勁。春彥動也不動，不曉得是洞挖好了，還是純粹暫停而已……啊！」

在兩人注視之下，春彥忽然雙手抱頭，像是在獨自放聲大喊。強風迅速蓋過他的叫聲，沒能傳到兩人耳中，但從遠處也清楚看見他異常激動的樣子。接著春彥再度以雙手握鏟子，猛然填平剛才耗費許多勞力挖到現在的洞。短短幾分鐘，耗時許久挖出的洞，再度還原成平坦的地面。

春彥填平洞之後，把搬到旁邊的尿尿小童擺飾再度放回原位，如同要隱藏挖洞作業的痕跡，而且展現一板一眼的個性，進一步以鏟子將四周弄亂的雪整平，然後拿著提燈與鏟子一溜煙跑向宅邸。就這樣，葫蘆池周邊再度恢復原本的寧靜。

目睹這一連串狀況的兩人，同時歪過腦袋。

「所以是怎麼回事？」

「嗯，究竟是怎麼回事？」

「沒挖出什麼屍體啊？」

「不能這麼說吧？從這裡看不到洞裡，或許洞穴底部有某種東西。不對，春彥確實發現某種東西的樣子，裡面果然有玄機。唔～看來必須親眼確認那個尿尿小童下方的地面。」

「咦！」朱美啞口無言。

換句話說，鵜飼想親自挖開可能埋屍的地面。朱美當然很認同這種必要性，雖然認同，但說到是否要參加就是兩回事。在深夜挖洞應該不是年輕美女該做的工作，就算他拜託，辦不到就是辦不到。沒辦法了，這時候就盡力展露可愛的微笑吧。「鵜飼先生，加油囉！來，手電筒給你。」

「事到如今，居然要我自己挖？」

「難道你要我幫忙挖墳墓？」

「我剛才借妳禦寒衣物吧？」

「我剛才泡咖啡給你喝吧？」

四

後來，兩人決議由鵜飼挖洞，朱美負責以手電筒照明，並且注意周遭動靜。深夜的挖洞任務，以這種絕佳的職責分配付諸執行。

兩人走出車庫二樓的房間，來到寒風吹拂的戶外。鵜飼先到車庫一樓，拿出一把鏟子。

「簡直像是預先準備的，為什麼？」

「只是湊巧。應該是定期前來的園丁或某人拿來剷雪，就這麼放在車庫。這樣剛好，我就拿來用吧。」

省下到倉庫找鏟子的工夫，確實很方便。兩人迅速跑到葫蘆池旁邊的尿尿小童。鵜飼默默抱起擺飾移到旁邊，覆蓋白雪的地面出現一塊裸露的地表，土壤又黑又溼。

「就是這裡。」朱美以手電筒照亮該處。

「好，開工。」鵜飼用力將鏟子前端垂直插入漆黑地面。挖過一次的泥土很軟，鏟子前端一鼓作氣插入地面，一剷就發現挖出來的土多得出乎意料。「這樣的話，可以輕鬆搞定。」

鵜飼默默動著鏟子，朱美移開視線，以免看到洞裡的樣子。

沙、沙、沙……

不過，鏟子響起的聲音傳入耳中，朱美的視線不知何時被引誘得投向洞裡。洞眨眼之間就挖到三十公分深，並且順利地逐漸挖到四十公分深，沒挖到任何東西。挖到五十公分深，還是沒變化。然而，繼續往下挖一陣子之後，鵜飼的鏟子尖端忽然發出「喀」的低沉聲音停止。

「怎麼了？挖到什麼嗎？」

「不，不是那樣。只是土忽然變硬。」鵜飼的語氣聽起來明顯失望。「看來，往下就是還沒挖過的硬土。」

「也就是說，春彥挖到這麼深就停了。」朱美看著洞底。「什麼嘛，果然什麼都沒有吧？只是普通的洞。」

再怎麼細心注視，洞裡別說屍體，甚至連昆蟲殘骸都找不到。洞裡一無所有的事實，使得朱美稍微放心，莫名有種想笑的心情。

「看吧，果然是想太多。啊～嚇死我了！鵜飼先生一臉正經說什麼『有屍體』，害我也完全以為是這麼回事，好蠢。冷靜想想，善通寺家是傳統名門，庭院怎麼可能埋屍體？」

「唔～我推測錯誤嗎？」鵜飼以遺憾的表情觀察洞內。「既然這樣，春彥為什麼在深夜刻意挖這個洞？而且還那樣大喊……妳也看到春彥喊得很嚇人的樣子吧？」

「確實有看到，他那樣簡直是精神錯亂。當時他究竟在喊什麼？」

「嗯，說不定是……！」

「說不定是？」

「『國王的耳朵是驢耳朵』？」

「原來如此，原來如此。」得知國王祕密的年輕理髮師，在原野正中央挖洞之後大喊「國王的耳朵是驢耳朵～」這樣。

「怎麼可能啊！」

五

鵜飼與朱美把剛才挖的洞漂亮填平，暫時返回宅邸。進入玄關一看，牆上時鐘顯示凌晨兩點，身穿睡衣又披一件上衣的遠山真里子就在時鐘旁邊，像是在屋內迷路般四處徘徊。真里子一看到朱美他們就主動跑來，照例以又快又流利的關西腔開口。

「啊啊，你們兩位！在這麼天大的時候跑去哪裡啦，太過分了，真是的！我怕死了，你們究竟跑去哪裡？」

「真、真里子小姐，不好意思。」朱美不清楚現狀，但姑且以忠實幫傭的身分嘗試解釋。「那個，我和他一起，一直，那個，在外面一起……」

「啊，原來如此，妳不用說完，我懂我懂。」

慢著，妳這樣就當成聽懂也很麻煩……朱美覺得她有著不必要的誤會。

「不提這個。」鵜飼插話切入正題。「真里子小姐，您似乎遇到某些問題。這麼晚了，究竟發生什麼事？」

「對，這是重點！」真里子豎起食指，像是稱讚鵜飼詢問這個問題，接著以如同要揪住鵜飼般的氣勢訴說現狀。

「那個，不太對勁，伯父不在家！在這種三更半夜，他肯定沒辦法去任何地方，很奇怪吧？我好擔心。」

「好了好了，冷靜下來，麻煩按照順序說明好嗎？」

「那個，我直到剛才都在睡覺，卻不知為何醒來，然後……」

她講得冗長又麻煩，以下是她陳述的重點。

遠山真里子在自己臥室睡覺，卻忽然醒來。她覺得既然醒來就去上個廁所，離開臥室時，發現春彥書房的門開著。真里子覺得不對勁而看向書房，但房裡沒人，只有桌上的檯燈開著，她立刻莫名覺得不安。春彥個性一板一眼，不會開著電燈或房門沒關。察覺異狀的她前往臥室看看，然而床上也沒人，四處都找不到春彥。

「……我還沒找遍宅邸每個角落，所以還不能斷言，但伯父該不會出事吧？」

遠山真里子以由衷擔心的表情訴說不安。

「明白了，總之去臥室與書房看看吧。」

鵜飼自然而然掌握場中主導權，帶著朱美與真里子跑上樓。

三人穿過二樓走廊，首先前往臥室。這裡是朱美他們白天和咲子夫人祕密討論計畫的臥室。鵜飼敲門做個樣子之後開門，臥室中央的巨大雙人床沒有人影。

「確實完全沒人，床也沒躺過的痕跡。」鵜飼將手伸進床單與棉被之間，然後搖頭。「也感覺不到體溫。」

也就是說，至少春彥挖洞之後，沒有回到這間寢室上床。那麼，身體冰冷的春彥究竟去了哪裡？

三人離開臥室，改為前往書房。沿著走廊並排的房門，有一扇是半開的，裡頭微微透出光線。是春彥的書房。探頭一看，裡面是整理得井然有序的空間。看得見擺在牆邊的高書櫃、擺在一角的電視與電腦、錄影帶與ＤＶＤ的收藏架，卻沒看見人影。即使如此，窗邊的穩重寫字桌上，懸臂式檯燈無意義地照亮空間。

「方便進去嗎？」

「其實不行，伯父不准任何人進入這間書房。但現在無妨吧？畢竟門開著。」真里子說完率先入內。「我也是第一次進這個房間。」

鵜飼緩緩踏入室內環視。

「確實很奇怪。門開著、燈開著……」鵜飼筆直走向桌子，指向桌旁。「抽屜也開著。」

三層抽屜的最上層，就這麼拉開數公分沒關。

「可以看裡面嗎？」鵜飼如此徵詢真里子。真里子一副無法壓抑好奇心的感覺，反倒是積極催促鵜飼。「快打開吧。」

鵜飼立刻將抽屜完全打開，如同把頭伸進去般翻找。

「文具、收據、信、通訊錄、名片、舊錢包——裡面有少許零錢。此外……咦，這是什麼？」鵜飼從抽屜深處，取出一個類似珠寶盒的綠色小盒子。打開一看，裡面散亂收藏五、六把鑰匙。

「裡面是鑰匙。」

「種類各有不同耶。」

「似乎如此。」

鵜飼將小盒子放回抽屜，接著專注檢視書櫃與錄影帶架。書櫃當然存放美術相關的書籍，但也有不少小說。錄影帶與ＤＶＤ幾乎都是外國電影，從片名就知道大多是懸疑電影。春彥似乎喜歡希區考克的作品，代表作一應俱全。

鵜飼從錄影帶架移開視線伸直身體，環視房內是否有其他線索。掛在牆上的一幅畫吸引他的視線。

「咦，這是……」

是女性的肖像畫。畫中年約二十歲的年輕女性，身穿低胸禮服注視這裡。禮服是鮮豔的紅色，女性臉蛋似乎隱約泛紅。畫作右下角看得到善通寺善彥的簽名，應該是他的作品。從作品看來，畫家的畫技或許三流，但畫中模特兒的美貌一流。

「好漂亮的女性，是誰啊？」

「天曉得，打扮得好像好萊塢女星。」

「我也第一次看見耶。」真里子以陶醉目光欣賞這幅畫。「說不定是前妻。」

真里子出乎意料的這句話，引發鵜飼的興趣。

「前妻？在下第一次聽說。老爺和咲子夫人是再婚？」

「好像是，但我也沒聽說詳情。伯父與咲子小姐似乎都不太想提這件事，所以我也不太能聊這個話題，畢竟挖別人的往事不太好。」

「原來如此，在下認為這是明智的判斷。那麼，大致明白書房的狀況了。確實會令人覺得老爺憑空消失。」

鵜飼像是調查結束般轉身，朱美不得已跟著踏出腳步，卻忽然感覺腳底踩到粗糙的東西而停步。

「哎呀，什麼東西？」她立刻蹲下來確認踩到什麼異物。鋪在地面的褐色地毯，黏著溼潤的泥土。而且仔細一看，不只是這裡，地毯上好幾個地方都有溼泥土。「怎麼回事？」

鵜飼以手指挖起泥土審視，接著忽然以誇張動作起身，裝模作樣注視自己的腳。

「啊，這下慘了。朱美小姐，這不是別的，正是我和妳鞋子上的泥土。糟糕，我們弄髒老爺的書房了！」

「咦……這……」這怎麼可能？朱美原本想這麼說。

「不，肯定沒錯！」但鵜飼在她開口前斷言。「這是我們從外面帶進來的泥土，和老爺完全無關！」

是是是，我知道了……朱美不再說話。鵜飼鄭重向真里子道歉。「非常抱歉，等等我們會清理乾淨，請見諒。」

「向我道歉，我也不曉得該怎麼辦就是了。不提這個，先找伯父吧。我想他不會在這種時間外出，肯定在宅邸某處，說不定是在哪裡心臟麻痺動不了。我們三人分頭找，肯定找得到。」

「不，這可不行。」鵜飼以堅決語氣回應。「應該三人一起找。」

不像幫傭的這種語氣，使得真里子的表情瞬間浮現「為什麼？」的疑惑陰影。鵜飼連忙像是掩飾般說下去。

「沒有啦，換句話說，那個，畢竟夜深了，必須考量外人可能潛入宅邸，在下覺得盡量不要落單比較好。」

真里子像是咀嚼鵜飼這番話般低頭片刻，接著說聲「說得也是」，抬頭輕拍鵜飼肩膀。「你挺可靠耶，比起司機更像保鏢。」

「這樣啊，畢竟在下做過類似的工作。」

「好，那就三人一起走吧！」

「在這之前……」鵜飼緩緩取出手機，向真里子確認。「在下方便聯絡夫人嗎？畢竟現在是老爺失蹤的緊急狀況。」

「啊，說得也是。我不在意。知不知道號碼？」

「知道，在下問過。」

鵜飼說完稍微遠離真里子，立刻打手機給咲子夫人。

「……」

「怎麼樣？」朱美輕聲詢問。

「不行。」鵜飼搖頭回應，將手機收回口袋。「對方關機。畢竟是這個時間，大概在睡覺吧。」

《電影導演彩子》（流平・櫻）

一

「不過，下得真大呢。」

十乘寺櫻眺望窗外低語。她說的當然是雪。

流平他們泡湯回來之後，雪似乎下得更大，已經不是緩緩飄雪的抒情光景，是雪塊從夜空咻咻落下般的感覺。依照氣象預報，山區積雪達四十公分。不提這個……

「不過，喝得真多呢。」

流平眺望桌面低語。他說的當然是酒。

泡湯返家之後，不知不覺辦起酒宴，水樹彩子展現她的酒國英豪天分。她手上的飲料一開始是啤酒，再來是加水威士忌、加熱水的燒酒、溫日本酒以及冰日本酒。經過眼花撩亂的變遷之後，於凌晨零點左右再度回到啤酒。桌上擺著空罐、空瓶、寶特瓶與紙盒等等，完全是「可回收垃圾收集日」的模樣。流平對彩子的酒量啞口無言，但櫻似乎早就知道這件事，在流平耳際低語。「大家都稱呼彩子小姐是酒宴女星。」

「啊？主演女星？」（註1）

註1　日文「酒宴」和「主演」音同。

「意思是在酒宴飾演主角的女星。」

「啊，酒宴女星是吧，確實如此。」

流平認同這種說法。但喝醉的彩子立刻搖頭。

「以為我是普通女星就大錯特錯了。我和隨處可見的女星不一樣。」

到頭來，女星並不是隨處可見，所以無從比較，但流平也大致明白，水樹彩子不是普通的女星。「不過，您和其他女星有什麼不一樣？」

彩子隨即微微給了流平一個白眼，右手緊握那臺八毫米攝影機「中谷ＳＶ８」，大膽說出這句話：「其實，我不是女星。」

「……」果然如此，就覺得有問題。像是她的講話方式、個性，以及這種酒國英豪的模樣。「換句話說您是男性，所以不是女星，是男星。」

「不對～！」彩子揮動右手。

「咿！」中谷ＳＶ８從流平鼻尖數公分處咻一聲經過，流平額頭流下冷汗。「哈、哈哈、哈哈，彩子小姐，我是開玩笑的。那麼，既然彩子小姐不是女星，那您的身分是？」

「嗯，我的另一個身分就是……」彩子迅速起身，拿起掛在牆上的紅色擴音器，打開房間一角的折疊椅，坐在上面悠然蹺起二郎腿。女導演坐在導演椅，雙手各自拿著八毫米攝影機與擴音器的構圖立刻完成。「我是導演，電影導演水樹彩子。預備～開麥拉！ＡＣＴＩＯＮ～！怎麼樣？這就是我原本的樣貌。」

「電影導演，水樹……咦咦！」

流平的烏賊川市立大學電影系肄業資歷，終於在這時候派上用場。回想起來，他聽到「水樹彩子」這個名字的瞬間，就覺得似曾相識。

「我想起來了。電影導演水樹彩子，就是那部傳說中的恐怖片《電影導演彩子》登場的女導演吧？」

「哇，請問那部《電影導演彩子》是怎樣的電影？」

「櫻小姐不知道也在所難免。《電影導演彩子》是距今十年前造成話題的電影。雖然這麼說，卻不是大型製片商拍攝的大銀幕作品，是由當時奧床市立大學的電影研究會製作的，也就是學生電影。既然是學生電影，肯定是低預算的業餘作品，但這部電影很具爭議而聞名，在當時各大學的電影社團之間捲起一陣風潮。這部電影的主角是電影導演，名字叫做『水樹彩子』。」

「一點都沒錯。『水樹彩子』是電影主角的名字，同時也是飾演這名主角的女星名字，更是實際執導這部電影的導演名字，也就是我。」

「原、原來是這樣！」流平對面前挺胸的「活傳說」叩拜致意。「恕小的有眼不識泰山。」

不過，比起關於電影的傳說，櫻似乎對電影劇情本身更感興趣。

「這部電影是怎樣的內容？」

「老實說，我沒看過那部電影，不過聽學長姐的描述，是相當嚇人的恐怖電影。劇情大概是『想在某間古老宅邸拍攝恐怖電影的女導演，面對延宕的進度與人際關係的摩擦逐漸瘋狂，終於逐一殺害劇組人員』這樣。」

「天啊，好恐怖！」櫻露出害怕的表情，接著忽然提出犀利的指摘。「不過，這不就是《鬼店（The Shining）》的劇情嗎？」

「咦，《鬼店》？啊啊，那部《鬼店》是吧，說得也是。嗯，這是《鬼店》的電影導演版本，大致一樣。」

「戶村大人，恕我冒昧。」櫻戰戰兢兢提出禁忌的問題。「戶村大人就讀大學電影系，卻沒察覺這件事？」

「抱、抱歉，我還沒察覺就輟學了，哈哈哈……」流平硬是編出藉口，搔了搔腦袋。「總之，用這麼大膽的方式翻版，反而難以察覺。對吧，彩子小姐……咦，彩子小姐不在？」

回神一看，導演椅沒人。

但彩子很快就拿著一捲錄影帶回來，一邊將錄影帶塞給流平，一邊指著客廳角落的電視。

「給我放！現在立刻給我放，實際看過就知道是不是《鬼店》的翻版。沒看過就做這種不負責任的批評，我堅決不會接受！」

就這樣，深夜的酒宴緊急改為電影上映會，時鐘剛好走到凌晨一點。

二

電影從黑底白字的「電影導演彩子」六個字開始。

《電影導演彩子》的前半，主要以某大學的電影研究會為舞臺。喜歡電影的學生們不分晝夜聚集於此，反覆進行「高達的不合理性」或「塔可夫斯基沉默的影像美」或「維斯康蒂眼中的毀滅美學」這種乍看高級卻莫名空洞的電影討論。社員大多對此不抱任何疑問。每天周而復始暢談這種如同春陽的傳統電影議題，鏡頭嚴謹記錄電影研究會的日常生活，甚至達到嗜虐的程度。

某天，四、五名電影青年照例要討論「新浪潮」議題的時候，其中一名社員忽然起身。她是令人驚豔的美女。美女如同咆哮的野獸般提出訴求。

「電影不是這種東西！你們這種只想炫耀電影知識的研究者，已無用處可言！」

這名熱情美女，正是這部電影的主角「水樹彩子」。她發出更詭異的氣燄宣布。

「接下來只需實踐。你們聽好了，我要拍一部最好看的電影，給我看清楚吧！」

就這樣，水樹彩子強烈批判至今的電影研究會，同時宣布將以自己為中心主導拍片。到這裡是《電影導演彩子》的開場，也就是電影導演水樹彩子的誕生篇。

「剛開始一點都沒有恐怖氣息，感覺像是青春校園電影。」

「總之別急，接下來會開始恐怖。」

「彩子小姐從這時候就好帥氣！」

◆

◆

中間是水樹彩子的受難篇。電影舞臺一下子轉移到西式宅邸，這裡是一棟如同早期環球電影的古老宅邸，屋主是知名畫家。水樹彩子與同伴們以拍攝恐怖電影為由，造訪這座宅邸。接下來是拍片的每一天。水樹彩子自己拿著擴音器，將熱情投注在拍片。她指導演員的演技、朝攝影師提出要求、派工作人員奔走。但是導演越熱中，演員與劇組人員的不滿聲浪越強。尤其男性劇組人員非常抗拒接受女導演的指示，水樹彩子的領導能力逐漸下降，和攝影指導之間的對立尤其嚴重，拍片進度逐漸延宕。水樹彩子想維持導演的威嚴，對攝影指導的要求逐漸嚴苛，像是「類似希區考克的主觀運鏡」或「安哲羅普洛斯風格的長拍」或「當代美國電影形式的手提攝影機」這種陌生字詞交相出現，有效呈現她和攝影指導之間的對立。

「拍片現場經常出現這種狀況吧？」

「沒錯，這也是我基於實際體驗寫成的劇本。」

「好古老的宅邸耶～是哪位的宅邸？」

◆

再來是後段的殺戮篇。攝影指導終於罷工，拍片進度完全停擺。預算用盡，進度亂七八糟，劇組人員的士氣只減不增。被逼到極限的水樹彩子終於開始瘋狂。拍片的最後一夜，她成為「電影導演彩子」，進行最單純明快的恐怖電影拍攝程序，這是不需要演員與攝影師的嶄新拍攝手法，也就是自己拿著攝影機連續殺人。《電影導演彩子》是一部接連殺害同伴們，將過程全部拍攝下來的電影。鏡頭當然沒拍到她，但是激烈的呼吸聲，真實呈現她內心的瘋狂。

◆

「咦？剛才好像聽到一個怪聲音。」

「我也有聽到。」

「唔，是嗎？我沒察覺。」

◆

電影終於進入高潮。最後的場面，是「電影導演彩子」和最大敵人——攝影指導的對決。歷經喘不過氣的攻防，她以攝影機毆打攝影指導致死。血花飛濺在鏡頭，影像令人不忍正視。然而，在觀眾以為一切殺戮都結束的時候……

「好，卡！OK！」

忽然響起電影導演水樹彩子的聲音。鏡頭移向聲音的方向，水樹彩子悠然坐在導演椅。她面不改色將紅色擴音器拿到嘴邊。

「好，各位辛苦了！」

她如此出言慰勞。接著，剛才被打死的攝影指導以及被刺死的演員們，紛紛表達著不滿各自起身。

「真是的，說什麼要在今晚拍完……」

「還想說究竟該怎麼辦……」

「居然像是當代美國電影一樣，使用手提攝影機……」

「用這種類似希區考克的主觀運鏡……」

「模仿安哲羅普洛斯風格一鏡到底……」

攝影指導以毛巾擦拭額頭上的血漿，一副舒坦的樣子。「哎，畢竟導演的命令絕對要服從。」

水樹彩子滿臉灑脫的笑容，影射拍片工作平安結束，畫面一角也在同一時間打上「電影導演彩子・完」的文字。

三

「……」好想拿東西砸向畫面上「完」這個字。但流平壓抑衝動，好不容易維持鎮靜，並且還是只能對眼前的水樹彩子本人這麼說：「這確實是一部爭議作品。」

彩子大概是察覺自己的作品不太被接受，她輕咳一聲，為自己的作品辯護。

「我姑且解說一下。總歸來說，這部作品是描寫拍片時的後臺，也就是所謂的幕後電影。到了拍片最後一天晚上，依然沒拍到高潮的殺戮場景，美女導演靈機一動，以手持攝影機一鏡到底拍出這個場景，促使全劇殺青。就是這樣的青春成功劇。」

青春成功劇？流平沒聽過這種說法。

「這不是恐怖電影？」

「如你所見，《電影導演彩子》不是恐怖電影，是女導演想拍恐怖片而陷入苦戰的故事。彩子的發音等同『psycho』，有人擅自聯想成希區考克的作品《驚魂記》，誤以為是精神病患犯罪的劇情。不對，其實看過這部作品的傢伙大多如此誤解，不過錯的人是那些誤解的傢伙，我處於公平的立場。」

電影導演水樹彩子，挺胸主張自己作品的正當性。實際上，這部電影確實達到欺騙觀眾的目的，但這樣的結尾令人不敢苟同。

「櫻小姐，妳覺得怎麼樣？」

流平問完，櫻揉著惺忪的眼睛回應。

「我只在看到彩子小姐不是殺人凶手時鬆了口氣。」這樣的評語明顯反映她的人品。接著她微微打了一個呵欠。「差不多該休息了吧？」

時鐘顯示現在剛過凌晨兩點，看來電影片長約一小時。流平以前經常和朋友嬉鬧到這個時間（水樹彩子肯定也一樣，因為她是電影導演），但身為千金大小姐的十乘寺櫻，或許沒什麼熬夜的經驗，她的眼皮像是即將打烊的商店鐵捲門。

彩子從錄放影機取出錄影帶，開朗地為深夜的宴會總結。

「好，那今晚就此散會吧！」

挖出的往事（鵜飼・朱美）

一

鵜飼、朱美加上真里子三人，走遍宅邸的每個房間尋找春彥，但春彥的身影不在屋內任何地方。最後尋找的地方是飯廳，確認那裡沒人之後，宅邸裡已無其他地方能找。現在時間超過凌晨兩點半。

「看來，宅邸裡只有我們三人。」真里子拉一張飯廳椅子坐下。「你們也坐吧，站著會累。」

鵜飼與朱美像是得救般，坐在身旁的椅子。

「但我還是無法相信。伯父難道在這種大雪的深夜獨自外出？這是自殺行為。」

「假設是這樣，您心裡有底嗎？」

鵜飼問完，真里子以得意表情點頭。

「嗯，有底。這件事要保密，其實伯父沒有繪畫天分，只依賴父親的遺產生活，他自己肯定也清楚這件事，內心想必很難受吧，會變得厭惡一切。」

「那個，真里子小姐……」鵜飼以困惑表情糾正她的誤解。「這是關於『自殺』的推測吧？在下想請教的是關於『外出地點』的推測。」

「啊，原來是這方面。唔～這我心裡就沒有底了。雖說外出，但現在這麼晚，我沒辦法想像。該不會是被某人擄走？」

「綁架？不，很難想像是這種狀況。要抓一個成年人逃走，無論如何都要開車，但是今晚因為大雪，附近的道路全部中斷。」

確實如鵜飼所說，今晚是最不適合綁架的夜晚。

「反過來說，就是伯父在宅邸周遭？」

「恐怕如此。」鵜飼說完立刻起身。「事到如今，果然只能到宅邸外面找了。話說回來，真里子小姐，在下想請教一件無關的事情。」

「嗯？」

「真里子小姐，您白天倒車入庫失敗的時候，說過『又失敗了』這句話。也就是說，您之前也有過倒車入庫失敗，車子撞到其他東西的經驗？」

「嗯，就是這樣。所以怎麼了？」

「車庫旁邊有一座葫蘆池，池畔擺了一個尿尿小童，請問真里子小姐之前是否開車撞過那個尿尿小童？」

「啊？」真里子剛開始呆呆張開嘴，像是聽不懂這個問題，接著露出心情很差的樣子。「我說啊，你在瞧不起我嗎？就算葫蘆池就在車庫旁邊，為什麼倒車入庫會撞到葫蘆池畔的尿尿小童？所以是怎樣？你的意思是我倒車入庫的技術太爛，甚至差點不小心把車子開到池子裡？我再怎麼樣也沒發生過這種事……不對，發生過！」

「發生過？」鵜飼探出上半身。

「有有有，我都忘了。這麼說來，我只有一次差點把車子開進葫蘆池。啊～當時我慌張得不得了！但我要為了自己的名譽聲明一下，那不是倒車入庫失敗，是我練習窄巷過彎的時候，不小心把煞車踩成油門。」

「原來如此，這是任何人都會犯的錯。」鵜飼浮現滿臉笑容繼續詢問。「那麼，當時是否用力撞上尿尿小童？」

「總之，如果對方不是擺飾，我現在或許在蹲苦牢吧。」

「那太好了。所以，當時尿尿小童怎麼樣？被撞倒嗎？」

「不，沒倒，只有側移一公尺左右。我是從側面撞上去，就這麼推了一段。」

「側移一公尺！」鵜飼的音量變大。「那麼，真里子小姐撞到之後，有搬回原來的位置嗎？」

「不，就這麼扔著。畢竟我力氣小搬不動，何況那尊尿尿小童就只是擺在那裡，稍微偏移也不成問題。」

「原來如此，確實是這樣沒錯。話說您提到尿尿小童側移，請問是往尿尿小童的右邊還是左邊？」

「左邊。」

「您的左眼是哪一邊？」

「這邊。」真里子確實指著左眼。「這是什麼儀式嗎？」

「是避免虛耗勞力的儀式。」鵜飼隨口說完，維持平穩的語氣說下去。「我打算和朱美小姐一起到外面看看。不不不，您不用出來，不然您感冒會是我們的責任。尋找老爺的工作請交給我們。那麼，請真里子小姐回自己房間吧。」

「……」真里子露出欲言又止的表情，但還是說聲「這樣啊」起身離席。

鵜飼與朱美兩人深深行禮目送真里子。她的身影一離開飯廳，兩人就轉頭相視，大幅點頭。

「這次肯定沒錯。」

「再挖一次吧。」

二

鵜飼與朱美再度來到屋外，時間將近凌晨三點。夜幕依然深沉，積雪繼續增加，兩人剛才留下的腳印，也被持續降下的雪覆蓋得乾乾淨淨。兩人在雪地留下新腳印，穿過庭園來到車庫旁邊的葫蘆池，走向池畔的尿尿小童。

「尿尿小童往左偏移一公尺，也就是說，正確位置是右邊一公尺處……好，就是這裡，這次肯定沒錯，果然有某種東西沉眠於這裡的地底，只是還沒挖出來！」

鵜飼早早露出勝利的笑容。「呼呼，善通寺春彥，你太大意了。這真的就是所謂的自掘墳墓。」

「是是是……」朱美冷靜地將偵探裝模作樣的臺詞當成耳邊風，將鏟子遞給他。

「想講得妙語如珠自得其樂，等你挖完洞再說。」

「嗯，交給我吧。」

鵜飼握住鏟子猛然挖起土。這次也是由鵜飼負責挖洞，朱美負責單手拿著手電筒警戒。但是默默站著無法承受寒意，所以朱美刻意尋找話題。不久，她回想起一個遺忘至今的疑問。

「這麼說來，留在春彥書房的泥土，究竟是怎麼回事？你說那是我們鞋子的泥土掉在地毯上，但不是那樣。因為就算鞋子沾到泥土也沒那麼多。」

「非常正確。」鵜飼絲毫沒有中斷挖洞動作，只以言語回答她。「那確實不是鞋子上的泥土。那麼除了鞋子，還有什麼東西可能沾上泥土？」

「啊，難道是……鏟子！是鏟子上的泥土吧？」

「就是這麼回事。換句話說，春彥在這裡挖完洞之後，就這麼拿著沾泥的鏟子回到宅邸，直接衝進書房。泥水在當時從鏟子前端滴落在地毯。春彥不在意這種事，跑到桌旁打開檯燈，大概是從抽屜取出某種東西，然後再度離開書房。」

「你說他離開……難道還拿著鏟子？」

「說來奇怪，但只能這麼認定。因為書房沒有鏟子。」

「也就是說，春彥就這麼拿著鏟子跑到某個地方？這樣不合常理。」

「春彥的行動確實異常，不曉得是陷入混亂、不知所措，還是沒有節制……總之小心為妙。」

他的語氣忽然增加某種和至今不同的嚴肅感覺。

「因為沒人保證殺人魔不會拿著鏟子從暗處衝出來。」

「討厭……」

「或許某處已經有人遇害。」

「別嚇我啦……」

「單手拿著鏟子，持續殺戮的精神病患……」

「就叫你別嚇我了……」

「頭蓋骨被劈成兩半，全身是血的屍體……」

「不要啦……」

「噴出的鮮血、飛濺的內臟……」

「夠了沒啊！」朱美搶過鵜飼的鏟子，將這個沒神經的偵探推進洞裡。

「你嚇我是想做什麼？」

「抱歉，只是想知道妳會嚇到什麼程度。」

「……」

把他埋起來吧？反正剛好有個洞。不，還是算了。在確認洞裡究竟有什麼東西之前，得讓他繼續努力。朱美將鏟子扔回給偵探。

「別想這種無聊的事情，快給我挖。」

「是是是……」

鵜飼嘴裡嘀咕抱怨，卻還是再度揮動鏟子。結實的土壤將鏟子前端彈開，作業意外面臨難關，但是洞依然越挖越深，兩人之間的緊張感也隨之增加。朱美不知何時甚至感受不到寒冷，鵜飼還熱到脫掉上衣。洞的深度超過五十公分時，兩人變得不發一語。最後，鏟子前端敲到土裡某個東西的瞬間，鵜飼放聲歡呼，朱美輕聲尖叫。

「那麼，來見證吧。」

鵜飼像是當成最後一劇，將鏟子深深插入土中，再朝握柄使力。鏟子前端以槓桿原理挖掉一大塊土，隨即在黑土之中，有個陌生的物體從土裡滾出來。朱美甚至忘記眨眼，專注直視這幅光景。從土裡挖出來的東西，是弄髒成褐色的頭蓋骨。

朱美尖叫之前先轉過身去，以雙手摀住自己的雙耳。

「呀啊啊啊啊啊啊啊！」

她毫無後顧之憂放聲慘叫。

另一方面，鵜飼別說害怕，甚至像是看好戲般，變得比平常更加饒舌。

「看吧，果然跟我想的一樣。哎，我早就知道是這麼回事。我看看，只有頭蓋骨埋在這裡？啊，看來還有其他骨頭。頸骨、鎖骨、肩胛骨、肋骨。要是挖的範圍廣一點，肯定挖得出一具完整的白骨。咦，這具屍體不只是埋在這裡而已。」

「什麼意思？」朱美背對著他詢問。

「來，妳看看。」

「什麼事？」

朱美不由得轉身一看，鵜飼忽然將頭蓋骨遞到她面前。
「看，頭蓋骨前方有裂痕吧？」
鵜飼悠哉開始講解，朱美連站都站不住了。
「不行，我受不了。」暈眩、頭痛、嘔吐感、食慾不振又胃痛，如今她完全是病人。「居然來到這種地方看到白骨，我想都沒想過。」
「那妳別看，聽我說明就好。聽好了，這個頭蓋骨的裂痕不是自然產生，可以推測這名死者生前是頭部遭受重擊喪命，而且屍體被某人埋在這裡。也就是說，這是殺人棄屍命案。」
「既然這樣，殺人埋屍的是誰？」
「當然是善通寺春彥。」
「那麼，埋在這裡的是誰？」
鵜飼不知為何沉默不語。朱美不禁感到不安而轉身。
「等、等一下，怎麼回事？別忽然不講話啦……」
鵜飼就這麼保持沉默注視黑暗，接著忽然朝黑暗開口。
「誰在那裡？」

三

注意看黑暗的另一邊，看得到一棵桃樹，是數小時前朱美偷看春彥挖洞時，用來藏身的桃樹。如今同樣有個人影躲在同樣的桃樹後方，偷看這邊在挖洞。是誰？朱美腦中率先浮現的，是手持鏟子的善通寺春彥。

鵜飼大概也感覺到危險，以雙手緊握鏟子再度詢問。「我知道你在那裡！」

這道人影隨即像是懾於氣勢，從桃樹後方跑出來。

「是、是我啦，是我是我！我不是可疑人物，看清楚啦～」

就算對方要求看清楚，這裡也陰暗得看不清楚，即使如此，聽腔調也可以立刻知道對方是誰。是遠山真里子。她走到還有三公尺的距離就不再靠近，大概是在警戒。

鵜飼以冰冷聲音詢問。

「妳至今一直在那裡看吧？」

「看、看了。不、不對，我沒看見。雖然在看卻沒看見。既然沒看見就等於沒在看，換句話說就是我沒看。對吧？」

鵜飼在朱美身旁佩服低語。

「有道理！」

「是這個問題嗎？」朱美歪過腦袋。「她跟蹤我們吧？」

「似乎如此。」鵜飼再度面向真里子。「換句話說，妳看了。」

「所以要殺我滅口嗎？我不要啦，我還不想死……」
「我們不會殺妳。」
「所以要侵犯我嗎？我不要啦，我還沒『那個』……」
鵜飼再度低語。「還沒『哪個』？」
「事到如今，這種事都不重要吧？」總之，朱美拚命將離題的話題拉回來。「不提這個，你到底要怎麼做？事情演變成這樣，沒辦法編藉口掩飾。」
「確實是時候了。」鵜飼說著面向真里子。「看來說出真相的時機到了。真里子小姐，其實我想讓妳看個東西。」
接著，鵜飼露出像是房仲推薦珍藏好屋時的笑容，招手要她來到埋著白骨屍體的洞。「請來這裡。來吧，來吧，不用客氣。」
「什、什麼東西？是好東西嗎？」
「我不曉得算不算好東西……妳聽過德川家的埋藏金吧？」
「真的有嗎？」
遠山真里子飛奔過來，抓著洞緣窺視內部。
「咿呀啊啊啊啊～！」
刺耳慘叫聲迴盪在下雪的夜空。

四

鵜飼與朱美合力將昏迷的真里子抬回宅邸。現在時間是三點半。讓真里子躺在客廳沙發，餵她含一口白蘭地之後，她失去血色的臉頰總算紅潤，看來不久就會清醒。

「清醒之後，得向她表露我們的身分。放心，反正沒兩樣。我們在庭園發現離奇死亡的屍體，警方遲早會來，我們將會接受偵訊，到時候終究得說出真實身分，這個情報也會傳入春彥與真里子耳中。對吧？」

「也對。但姑且徵求委託人同意比較好吧？」

「說得也是。」鵜飼立刻打開手機。「但我要怎麼說？如果我告知『我在府上庭院發現白骨屍體』，咲子夫人或許會在電話另一頭昏倒……」

不曉得是幸或不幸，鵜飼的擔憂是白費力氣，因為他的手機聯絡不上咲子夫人。鵜飼放棄在這個時間點聯絡。「果然關機，看來天亮才接得通。」

「要報警嗎？」

「唔，慢著慢著，她好像醒了。」

如同等待鵜飼說完這句話，真里子發出「唔～」的小小呻吟醒來。她就這麼維持恍神表情，在沙發坐起上半身。然而，當她視線捕捉到鵜飼與朱美的瞬間，就將雙眼睜得好大。

「你、你們究竟是什麼人！來這個家做什麼？」

「請別激動，我會說出真相，請冷靜聽我說。」鵜飼仔細發音，區隔每個字詞。「我們是，偵探事務所的人，不是可疑人物。」

「是偵探？」

「是的。」

「不是寶藏獵人？」

「不是，是偵探。」

「那麼，德川家的埋藏金……啊，不可能有這種東西。」

「不，或許有，但不在這裡。」

「原來如此，是偵探啊，我明白了。」真里子像是理解一切般點頭。「那麼，委託人是春彥伯父吧？」

偵探眉頭微微一顫。

「妳為什麼這麼認為？」

「本來就是這樣吧？說到偵探，就是外遇調查，既然是咲子小姐外遇，雇用偵探的當然是伯父。唔……不過好奇怪，既然你們要調查咲子小姐的外遇，那你們可以待在這種地方嗎？咲子小姐不是去市區了嗎？」

「很遺憾，委託人不是春彥先生。」

「這樣啊，除此之外就是……咲子小姐吧！」真里子暫時語塞。「為什麼咲子小姐要雇用偵探？」

「總之，這方面請之後詢問她本人。」

鵜飼適度打馬虎眼。

「不提這個，真里子小姐。」朱美代為詢問。「妳為什麼斷定咲子小姐外遇？只是直覺？」

「不是直覺，我親眼看到。」

「看到什麼？」

「咲子小姐和年輕男性進旅館。」

「天啊！」朱美不由得摀嘴。下午竊聽時，已經知道真里子懷疑咲子夫人外遇，不過老實說，朱美認定應該是真里子擅自推測。何況那位形象賢淑的咲子夫人居然和年輕男性有染，這種光景實在難以想像。

「會不會是看錯？」鵜飼也半信半疑地詢問。

「不，沒看錯。我不是只在瞬間看見一眼。我想想，記得大約是兩個月前吧，我造訪公司的途中，順便到奧床銀座商店街閒晃，發現有個熟悉的女性走在前面，我察覺是咲子小姐之後想叫她，但咲子小姐身旁有個男的，我看一眼就覺得不對勁。」

「只是並肩走路，為什麼看起來不對勁？他們手挽著手？」

「不，沒有挽手。唔～為什麼呢……對對對，我想起來了，那個男的肩上背著運動背包，但另一隻手提著咲子小姐的包包。」

「真的是咲子夫人的包包？」

「那當然，男生一般不會提凱莉包吧？他是幫咲子小姐提包包。怎麼樣，很可疑吧？」

「原來如此，確實可疑。所以妳覺得不對勁就跟蹤兩人？」

「沒錯，這樣好像偵探，緊張又刺激。」

「然後，兩人就這麼進旅館？」

「沒錯，而且當然是那種賓館。」

「但妳沒看到他們出來吧？」

「那當然，我可沒這麼閒。」

「男性有什麼特徵？」

「不曉得，我只看到背影，但那個年輕男性身穿黑色大衣戴帽子，體格中等。這麼說來，還真的沒什麼像樣的特徵。」

「頭髮是不是金色的？」

「不曉得，他頭髮紮進帽子裡，所以看不到。金髮怎麼了嗎？」

「不，沒什麼。」

鵜飼含糊帶過，真里子隨即發出不滿的聲音。

「『沒什麼』是怎樣？你沒講真話吧？好奸詐。」

「啊啊，好啦好啦，我會把我知道的事情告訴妳。不過在這之前……」鵜飼說著打開手機，將手指放在按鍵上。「先等我解決一個重要的問題。」

「什麼問題？」

「我要報警。可以吧？」

「咦！要叫警察來這裡？慢著，可是……」

「妳也看見埋在那個庭院的白骨吧？既然發現那具屍體，這件事只能交給警方處理，這是市民的義務。」

「唔～畢竟春彥伯父也下落不明……」真里子不甘願地答應了。「沒辦法了。」

五

鵜飼徵得遠山真里子的同意之後，立刻操作手機。

「打一一〇？」朱美如此詢問。

「不，我直接打砂川警部的手機試試。」

「他說不定不會接。」

「他討厭我到這種程度？」鵜飼稍微皺眉，將手機拿到耳際。數秒後。「啊，是砂川警部嗎？我是鵜飼……」但鵜飼一自報姓名，電話就被掛斷。「……嘖。」

「他姑且接了。」

「但他立刻掛掉。」鵜飼重撥號碼，再度挑戰聯絡砂川警部。「喂，砂川警部？忽然掛我電話太過分了吧？」

似乎接通了。朱美輕輕將耳朵湊到他的手機旁邊。

『嗨，抱歉，我還以為是惡作劇電話。』

世間有些男性，一講起電話會忽然拉高聲音，砂川警部似乎也是這一型，他的聲音甚至清楚傳入朱美耳中。

『所以有什麼事？這邊今晚特別忙，很多重要案件要處理，警方忙得不可開交，我也得熬夜。如果你的事情不重要，希望可以晚點再說。』

「這樣啊。」鵜飼思考片刻。「那就晚點再說吧，我之後再打電話。反正並不是這兩天發生的命案……那就這樣了。」

『等一下！』電話另一頭變得更大聲。『你剛才說什麼？命案？』

「嗯，是的，不過屍體已經化為白骨，並不是分秒必爭的狀況。」

『什麼？白骨？』警部的音調稍微變化。『那就如你所說，不是這兩天發生的命案了。嗯，那麼案發現場在烏賊川市哪裡？』

「其實不是在烏賊川市，是豬鹿村。」

『豬鹿村啊……』

「是的，豬鹿村姑且是烏賊川警局的管轄範圍吧？」

『對，確實是我們要處理的案件。但既然命案現場在豬鹿村，很遺憾，這邊也沒辦法立刻趕過去，這場大雪導致豬鹿村各處道路停止通行，連警車都不能走。總之，天亮應該會正式開始除雪，警方之後就會過去。話說回來，地點是在豬鹿村的哪裡？講詳細一點吧。』

「地址是豬鹿村大字山田三三九。」

『嗯嗯，豬鹿村的大字山田三三九……唔，這個住址，難道，該不會！』

「喔，不愧是警部先生。是的，發現白骨屍體的地點，是那個知名的善通寺家宅邸。嚇一跳嗎？」

『你說什麼？這件事要早說啊！』砂川警部像是忽然被引發興趣，在電話另一頭提高音量。『好，明白了，我現在立刻趕過去，你別做任何多餘的事情，等我們抵達現場，明白了吧？』

「慢著，就算你說要趕過來也不可能吧……啊。」鵜飼忽然停止說下去，心有不甘地看著手機。「掛斷了，真是急性子。」

「他現在大概已經上警車了吧。」

兩人旁邊的真里子，佩服地瞪大雙眼。

「好厲害，你們真的是偵探耶，居然和烏賊川警局的警部先生是朋友。」

「別這麼說，我們交情不到朋友的程度。」

鵜飼述說著就旁人看來很謙虛的事實。

「不過，警部先生的樣子有點怪。明明不太關切白骨屍體，我一提到善通寺家，態度就完全不一樣。」

「那當然吧，善通寺家是這個地方的名人，要是出事，警方也會緊張。」

「是的，這我明白。不過，只有這樣嗎？」

「意思是還有其他隱情？」

朱美問完，偵探露出不上不下的納悶表情。

「不，還不能斷言，但總覺得怪怪的，似乎在我們不知道的地方發生其他事件，或者該說是我們不知道的案件。」

鵜飼維持含混不清的表情，操作手機尋找另一個號碼。

「這次要打給誰？」

「我姑且打給流平看看。」

「這個時間打給他？現在是凌晨四點，他肯定在睡覺吧？」

「不抱期待試試看。」鵜飼把手機放在耳邊片刻，接著不悅咂嘴闔上手機。「他沒關機，但是沒接電話。」

「就算聯絡得上也沒用吧？雪這麼大，他又不可能前來支援。」

「嗯，說得也是。」鵜飼點頭回應，像是聽朱美說完才察覺這件事。「聯絡流平確實沒意義，反倒是浪費電。」

他輕聲說完，將手機收回胸前口袋。

「那麼，真里子小姐，我來回答妳的問題吧，想問什麼儘管問……咦？」

偵探轉身一看，遠山真里子躺在沙發呼呼大睡。

「睡著了。」

「大概是白蘭地現在才生效吧。」

沾泥的屍體（流平・櫻）

一

流平換上運動服代替睡衣，在凌晨兩點十分上床。軟綿綿的床舒適到無法言喻，看來肯定可以熟睡到天亮。流平抱著這個想法入睡，卻在天還沒亮時忽然因為敲門聲醒來。看向時鐘，再過幾分鐘是凌晨四點，這種時間是誰在敲門？不對，無須思考是誰，現在這間屋子除了他只有兩人，所以肯定是兩人之一。會是誰？「誰都好！」

無論對方是十乘寺櫻或水樹彩子，只要是美女深夜造訪都非常歡迎。流平跳下床用力打開門。

「嗨，所以是櫻小姐啊！」

門後是十乘寺櫻。她身穿厚上衣按著胸前，站在冰冷的走廊，表情像是在這間不算寬敞的屋子裡迷路。流平不禁擔心起來。

「怎麼了？發生什麼事？」

「是的，我有點在意一件事。」櫻大膽地拉住流平手臂。「總之，請跟我走。」

「咦，咦？跟妳走？究竟要去哪裡？」

「這裡！」櫻拉著流平，從走廊到階梯不斷前進。「我剛才醒來，覺得胸口悶悶的，肯定是還不習慣喝酒。所以我離開房間，下樓到廚房喝杯水，前往露臺想吸點新鮮的空氣……就是這裡。」
兩人在櫻說明時抵達木板露臺。櫻穿上涼鞋走到露臺，不明就裡的流平也跟著出去。櫻踩踏積雪抵達露臺邊緣，說聲「請看對面的別墅」指著斜下方。
「唔，權藤的別墅怎麼了？」三角屋頂的山莊，乍看之下沒有異常之處。雖然室內在這種時間亮燈挺令人在意，這邊也沒立場計較別人熬夜。然而……
「咦！那扇窗戶怎麼回事？」
最後，流平的視線固定在一扇窗戶。這扇窗戶位於一樓，內部透出明亮的燈光。窗簾半開，可惜從這裡看不見室內狀況，但這扇窗戶有個明顯突兀之處。
窗戶玻璃破了一個大洞。
下大雪的這天晚上，那扇破掉的窗戶，應該會令屋內的人冷到受不了，卻就這麼扔著沒人理會。
「好奇怪，難道沒人？」
「可是，屋內的燈開著。」
「說得也是。既然有人，就不可能扔著那扇窗戶不管。」
「我也這麼認為。難道是出事嗎？」
如果發生某件事，應該和權藤源次郎有關。流平回想起他在露天溫泉的樣子，很像是容易捲入紛爭的類型。他是富豪，也有可能遇到小偷或強盜。
「兩位，怎麼了，在這種時候到露臺幽會？」

水樹彩子身穿運動服加棉袍下樓，大概是聽到聲音吧。流平大略說明狀況之後，水樹彩子的表情逐漸變得嚴肅。

「應該不是歹徒硬闖行搶，但不怕一萬只怕萬一，沒辦法扔著不管。好，我去看看。」

「哇，彩子小姐，請等一下，您這樣太勇敢了，還是等到天亮吧？」

「還講得這麼悠閒，權藤源次郎可能在窗子另一邊重傷奄奄一息啊？」

「我明白這種可能性，但小偷或強盜或許還在那扇窗子的另一邊找值錢的物品，您這樣很危險。」

「那你也來吧，兩人一起去就安全。」

「這樣的話，櫻小姐會一個人留在這裡。」

「明白了。」水樹彩子說出單純明快的結論。「那三人一起去吧。」

二

流平、櫻、彩子三人各自拿著手電筒與順手的武器，前往權藤源次郎的別墅。順帶一提，流平的武器是庭院的鏟子、櫻的武器是掃把、彩子的武器是「中谷SV8」——不對，是空酒瓶。不知道隱情的人看到這一幕，應該會認為這三人才是要襲擊富豪別墅的可疑集團，幸好現在是下雪的深夜，除了他們三人沒有其他人影，「可疑集團」順利抵達目的地。

三人踩雪穿過外門，靠近三角屋頂的建築物。雖然完全是非法入侵，卻沒有內疚的感覺。他們無視於玄關大門，繞到建築物後方，來到問題所在的破玻璃窗。周邊散落無數玻璃碎片，玻璃是毛玻璃，但破掉的空間意外地大，足以讓一顆足球通過。三人相互使個眼神，數三秒之後一起看向室內。

「呀啊啊啊啊！」

櫻立刻發出撕裂絲絹般的慘叫聲。

彩子不敢置信般睜大雙眼，流平也不禁倒抽一口氣。

他們從破碎窗戶外側看見的光景，是一名全身是血倒地不動的男性。

「權藤源次郎死了……」

流平慌張斷定，相對的，彩子始終保持冷靜。

「不，或許還有呼吸。我們上！」

三人再度繞回玄關。門沒上鎖，轉動門把就輕鬆開啟。三人進入屋內，衝進權藤源次郎所在的房間。這裡是他的臥室，只有床、小桌子與衣櫃等簡單裝潢。地面是木質地板，男性倒在正中央區域。彩子無視於佇立不動的流平與櫻，勇敢走到男性身旁拉起他的手。彩子做出把脈動作之後，悲傷地看著下方緩緩搖頭。

「還是不行，他死了。」

「這、這下不妙了。」流平看向屍體頭部，破裂的額頭流出大量鮮血。

「別慌張，先報警。你有帶手機過來嗎？」

流平搖頭回應。他沒想到會遭遇這種場面，所以手機就這麼放在枕邊。不過場中三人都一樣，沒帶著本應隨身攜帶的手機。

「如果要打電話，玄關旁邊就有家用電話。」櫻這麼說。

「那就用那個吧，我來打。」水樹彩子自願負責報警。「我之前就一直想打一次一一〇。」

彩子說出意外悠哉的這句話之後離開臥室，如今臥室只有流平與櫻。櫻像是抓住這個機會，走到流平身旁訴說不安。

「戶村大人，難道這位先生是被某人殺害？」

「嗯，應該是這樣吧。」流平蹲在遇害者身旁，仔細觀察屍體。「就我看來，頭部的傷是致命傷，但不是跌倒撞到某種東西造成的。他當然也不會自己讓頭部受傷，肯定是某人以堅硬物體毆打造成，所以這是命案。」

「啊啊，果然如此。」櫻和屍體保持距離，維持完全背對的方向。「那麼，應該是某人闖入屋內行凶吧？例如強盜之類的，因而引發衝突變成這樣。」

「唔～這部分還不得而知……咦？」

流平察覺遇害者的頭部，黏著某種不同於血液的粗糙顆粒。他鼓起勇氣將臉湊到染血的死者頭部確認。「這是泥土？」

「戶村大人，請問怎麼了？」櫻依然維持背對方向詢問。

「沒事，雖然不曉得原因，但遇害者傷口沾著泥土。」
「天啊，傷口為什麼有這種東西？」
此時，水樹彩子打完一一〇報警回來了。流平將自己的發現告訴她。彩子對此似乎頗感興趣，卻要求兩人之後再討論。
「先回向日葵莊吧。其實我剛才打電話才知道，盆藏山周邊道路因為大雪中斷，警察要花很長一段時間才能抵達。我們可不能在屍體旁邊，等待不曉得何時抵達的警察。總之先保留現場，我們回到溫暖的房間喝茶等吧。」

三

流平和兩名女性回到向日葵莊。在暖氣夠強的室內，喝著熱茶眺望美女，就覺得剛才發現屍體的過程全都像是夢幻一場，真是不可思議。
但權藤源次郎的死不是夢也不是幻。屍體傷口不知為何沾上泥土，也是剛才親眼見到的事實。這究竟代表什麼含義？流平重新思考這件事，隨即得到靈感。
「啊，原來如此，我懂了。換句話說，行凶的是記恨遇害者的人。凶手打死遇害者之後還不滿足，以沾上泥土的鞋子踩傷口，泥土就在這時候附著在傷口。有可能是這樣吧？」
「喔，這推理挺像樣的，不愧是見習偵探。」水樹彩子語帶嘲諷這麼說。「不過要是凶手照你所說，是直接穿著鞋子行凶，屍體周邊沒留下凶手鞋印就很奇怪。但木地板沒有踩髒的痕跡，凶手是從玄關脫鞋入內。」

「唔，說得也是。」理論被輕易推翻的流平，不太高興地徵詢彩子意見。「既然這樣，彩子小姐會怎麼解釋傷口沾上泥土？」

「你問我，我問誰？我不是偵探，是女星。」彩子早早就像是投降般舉起雙手。「名偵探的角色交給你了。」

「明白了，請交給我吧。」流平單純地接下偵探角色，在進一步思考之後得到新的靈感。「明白了，是凶器，凶器。泥土附著在凶器。凶手以凶器毆打遇害者致死，沾在凶器上的泥土，在當時留在遇害者的傷口。如何？這正是最自然的解釋吧？」

「這真是了不起，你是名偵探。」彩子發出感嘆的聲音之後喝口熱茶。

「可是，戶村大人，沾泥的凶器究竟是哪種凶器？」

「天曉得……比方說蘿蔔。」

「那是沾泥的蔬菜。」

「這真是太慘了，你是迷偵探。」彩子發出失望的聲音之後再度喝茶。

「唔～我想不到其他的可能性。」早早放棄的流平，視線停留在某個東西。「對了，比方說鏟子怎麼樣？」

「喔，拿鏟子當凶器？聽起來挺奇怪的。不過也是一種可能性。」

彩子看起來不太相信流平的說法，但流平拿起鏟子審視前端，雙手握住握柄做個揮動的動作，接著滿意地點了點頭。

「比方說可能是這樣。凶手拿著沾泥的鏟子，來到權藤的別墅，並且襲擊臥室裡熟睡的遇害者。凶手和遇害者爆發混戰，在這段期間，鏟子尖端敲破窗戶玻璃，後來凶手終於以鏟子打死遇害者，鏟子尖端的泥土在這時候附著在傷口，凶手拿著鏟子揚長而去……就像這樣。」

「真美妙！」櫻拍手稱讚。「戶村大人簡直像是鵜飼先生！」

「這樣啊。」老實說，流平不太開心。「沒什麼，只要具備正常的觀察力與想像力，任何人都能推理到這個程度。」

「以鏟子敲碎玻璃、打破頭顱嗎？聲音應該很大吧。」

彩子不經意說出的話語，帶動流平的思緒進入新局面。

「對……沒錯！那個聲音就是這麼回事！櫻小姐，妳也聽到吧？我們在看那部影片的時候，不是忽然聽到一個和電影無關的聲音嗎？」

「啊啊，看那部電影後半段聽到的刺耳聲音吧？這麼說來，很像是玻璃碎裂、敲擊金屬的聲音。」

「我聽起來也是這樣。也就是說……」流平立刻轉身向彩子要求。「可以讓我再看那部電影一次嗎？」

「這麼愛看《電影導演彩子》？」

不對，不是那個意思。

「再看那部電影一次，就可以知道正確行凶時間。」

「啊啊，原來是這個意思。好，等我一下。」

彩子從容不迫地離開客廳，回來時拿著一捲錄影帶，上面貼著《電影導演彩子》的標籤。流平迅速伸手接過來，立刻放進錄放影機。由於影帶已經倒帶，《電影導演彩子》從第一幕開始播放。看開頭場面也沒用，因此流平快轉影片。旁邊的水樹彩子不滿地咂嘴表示「居然把我的傑作快轉」，但現在沒空在意這種事。不久，影片終於即將進入最高潮，拿著攝影機大開殺戒的場景不斷上演，逐漸接近問題所在的場面。

「啊，差不多了。」

流平以櫻的提醒為暗號，恢復為正常播放影片的速度。手持攝影機拍下的暴戾影像，和殺人魔急促的呼吸同步。

「就是這裡！我在這時候聽到怪聲音！」

「是的，就是這裡！我也清楚記得是這裡。」

流平與櫻的意見完全一致。流平停止播放，確認錄影帶的播映時間。數位數字顯示播放至今是五十一分十八秒，水樹彩子見狀說出結論。

「電影是在凌晨一點整播放，所以命案是在五十一分十八秒後發生，算起來就是凌晨一點五十一分十八秒。」

「就是這樣。凶手當時就在我們身邊不遠處。」

流平抱持厭惡情緒，關閉錄放影機的電源。櫻嬌細的肩微微顫抖，如同恐懼感再度回歸。

「總覺得難以置信。雪下得這麼大的夜晚，究竟是誰做出這種事？」

四

「話說回來，關於權藤源次郎遇害的重要嫌犯是誰，我心裡有底。」

流平下定決心提出這個話題，水樹彩子立刻搶先回應。

「你是指權藤英雄吧？」

「是的。畢竟剛發生那種事，果然不得不懷疑是他的犯行。」

「天啊，那一位嗎？」櫻不敢置信般，以雙手按著臉頰。「不過，這是不可能的事情。那位先生昨天傍晚就回到烏賊川市，肯定不在這裡。」

「很難說。或許他其實在半夜，趁著雪還沒封閉交通之前回來。不對，到頭來，他甚至不一定真的離開過這個別墅區，或許只是假裝離開，卻立刻回頭等待殺害源次郎的機會。最重要的是，他打從心底憎恨父親，他有行凶動機。」

流平下定論之後，彩子隨口提出建言。

「既然這樣，要不要打電話確認？」

「咦，打電話？打給英雄先生？」

「對。他的名片應該有印手機號碼吧？打看看吧。即使他不是凶手，也應該盡早通知他的親生父親遇害。既然是這種狀況，肯定不用顧慮現在是深夜時分。」

「說得也是。英雄先生給的名片放哪裡了？」

「啊，在電視上面。」櫻拿起至今看都不看就扔著的名片遞給流平。上頭確實印著他的手機號碼，但沒有手機可打。流平起身要去拿自己放在枕邊的手機。

「啊，那裡就有電話。」

櫻指著桌子邊緣的扁平家用電話機。流平立刻拿起話筒。

「那麼，我打了。」

流平輸入權藤英雄的電話號碼。櫻與彩子也把耳朵湊向話筒。鈴聲響數秒之後，對方接電話的速度快得令人意外。

『喂～我是權藤～』這個聲音聽起來，很像昨天傍晚交談的權藤英雄，但語氣緩慢得令人以為他剛睡醒。『哪位～？』

「我是戶村流平，昨天和您見過面……」

『戶村～？啊啊，是當時幫忙勸架的人吧。這麼晚了，究竟有何貴幹？發生什麼事嗎？』

「嗯，是的，發生一些事。雖然發生一些事，但我想先請教一下。」

『怎麼回事，你講得真奇怪……想問什麼事？』

「我想知道英雄先生正在哪裡做什麼。」

『現在？我在烏賊川車站附近的酒店和朋友喝酒。你聽，有KTV的聲音吧？正在唱歌的就是我朋友。』

「啊，是的，確實聽得到。」

英雄這個時間位於烏賊川車站前面的酒店，光是這樣就堪稱證明他的清白。假設他殺害源次郎，他不可能在行凶之後移動到烏賊川車站前面。畢竟深夜沒電車可搭，車子也因為大雪無法通行。但這時候必須小心為上。

「您可以證明那裡是烏賊川車站前面的酒吧嗎？」

『你說什麼？這裡是烏賊川車站前面的酒吧「蕾貝卡」，不用證明這種事實吧？不然我請酒吧的媽媽桑聽電話？』

「啊，這提議不錯！請務必這麼做。」

『你當真？受不了，我明明只是開玩笑……喂～媽媽桑，不好意思，可以跟這個人講一下嗎？就說這裡是「蕾貝卡」沒錯。』

不久，對方的聲音變成中年女性的妖豔聲音。『您好，這裡是酒吧「蕾貝卡」，請問您有什麼意見嗎？』

「不，我並不是有什麼意見……」

流平內心對英雄的質疑正迅速萎縮。流平不曉得烏賊川車站前面，是否有一間名為「蕾貝卡」的店，不知道電話另一頭的歌聲是否來自英雄的朋友，也無從確認自稱媽媽桑的女性是真是假。但如果這全是謊言，之後肯定會被輕易拆穿。殺人凶手應該不會說這種可以輕易拆穿的謊言。總之流平只詢問這間酒吧的所在地，以及英雄幾點光顧這間店。

『我的店在烏賊川車站後站的金田大廈三樓。權藤先生？這位叫做權藤先生？這個嘛，他大概是淩晨一點進來的，後來就一直在喝酒。』

很完美。英雄無法殺害源次郎。

媽媽桑說完，電話另一頭再度由英雄說話。

『好，這樣就行吧？接下來換你說了。究竟發生什麼事？難道老爸被殺？』

「是的，權藤源次郎被某人殺害。」

電話另一頭傳來「咚」一聲，像是一屁股摔到地上的聲音，英雄似乎備受打擊而從椅子摔落，他整整四十五秒後才繼續講電話。

『不會吧？』

「是真的。」

『什麼時候？幾時死的？』

「淩晨一點五十一分十八秒。」

『太精細了吧！』

「這只是計算成果。」

『所以你懷疑我是凶手，打電話試探我？』

「嗯，總之，就是這麼回事。」

『開什麼玩笑，我不可能殺害親生父親吧？』

「但是在昨天傍晚，您一副隨時都會動手的樣子。」

『就算這樣，我也不可能真的動手吧？不過，哎，算了。幸好我今晚和朋友一起在烏賊川車站前面一間間拚酒，而且雪這麼大，我想殺老爸也無從殺起。應該有很多人能證明這件事。』

「似乎如此，我也放心了。」

『剛才明明在懷疑我……不過，謝謝你的通知。既然得知這個消息，我也不能在這裡悠閒喝酒了，我立刻回去那邊。但我不確定能不能在這場大雪順利趕過去。』

「請您盡快過來。再見……」流平正要結束通話時，忽然想起一件事。「啊，請等一下，我最後還想請教一個問題。」

『什麼問題？』

「關於殺害權藤源次郎的凶手，您心裡是否有底？」

『可能殺害老爸的傢伙嗎……有底。』

電話另一頭的聲音意外地斬釘截鐵，流平嚇了一跳。

「有嗎？所以是誰？」

『凶手是權藤一雄，三年前下落不明的老哥。』

五

流平和權藤英雄講完電話之後，一邊放回話筒，一邊反覆輕聲說著「權藤一雄，一雄啊……」這個名字。他做夢都沒想到，昨晚在露天溫泉聽源次郎提到的名字，會以這種形式登場。櫻疑惑地注視著愕然的流平。

「戶村大人，您認識這位權藤一雄先生？」

流平大致說明昨晚在露天溫泉和源次郎的對話。

「權藤一雄是死者源次郎的長子。他和英雄一樣憎恨父親，還曾經吵到咬了源次郎的手臂一口。這位一雄大約在三年前下落不明，卻似乎不是一般的離家出走。之所以這麼說，是因為源次郎剛好在那段時間，在暗處遭到暴徒持刀行刺，源次郎推測那名暴徒其實是一雄。換句話說，一雄企圖刺殺源次郎卻失敗，就這麼逃走隱藏行蹤。不過源次郎只是嘴裡這麼說，沒證實這件事。」

「天啊……」櫻瞪大雙眼。「那麼，三年前行凶失敗的那位一雄先生，重新進行殺人計畫？」

「怎麼可能！」水樹彩子以高八度的聲音回應。「不可能有這種蠢事。事隔三年還故技重施……不可能。」

「不，並不是不可能。原因在於這一陣子，源次郎身邊陸續有人發現疑似一雄先生的人。而且源次郎自己也說，如果一雄回來，唯一的目的就是來殺他。英雄先生恐怕也這麼認為，才會在收到父親遇害的消息時，立刻想到『權藤一雄』這個名字。」

「這樣啊，所以才會說『凶手是權藤一雄』是吧……」水樹彩子閉上雙眼低語，像是要說給自己聽。「原來如此，英雄說的似乎正確。」

「恐怕就是如此。不過即使明白這一點，狀況也沒有改變。」

「說得也是。」彩子恢復天生的堅強表情。「重點在於如何安全度過警方抵達前的這段時間。畢竟那個叫做權藤一雄的人，很可能還潛藏在這附近。」

「是的，與其說潛藏，應該說遭遇超乎預料的大雪無法脫身，想逃都逃不了。」

「我們也一樣無法脫身。」彩子搧動不安的情緒。

「天啊，好恐怖。」櫻向流平投以依賴的視線。「我們接下來究竟會怎麼樣？」

「沒什麼，無須擔心。在這裡靜待警方抵達就好。天亮之後就不會再下雪，應該也會開始除雪。櫻小姐，不要緊的，別擔心。」

【拂曉篇】

《火車怪客》（鵜飼・朱美）

一

在深夜不知去向的善通寺春彥，就這麼直到天亮都沒回來。在電話另一頭放話說「立刻趕到」的砂川警部，大概是大雪擋住去路，同樣還沒抵達。鵜飼、朱美與遠山真里子三人，在善通寺家客廳度過不安的一夜。真里子占據一張沙發橫躺熟睡，朱美不時打盹，撐過這個擔心害怕的夜晚。

就這樣來到上午六點五十分的日出時分，朱美從不曉得第幾次的淺眠醒來。從窗簾縫隙看向窗外，天空是惺忪般的陰天，無法期望能迎接清新的晨光。即使如此，夜幕依然遠離，更重要的是昨晚至今的雪已經止息，這是最令人感恩的事實。

朱美身旁的鵜飼，維持著雙手抱胸動也不動的坐姿，絲毫沒有打瞌睡的樣子，大概是偵探終究習慣熬夜吧。朱美抱持佩服心情詢問。

「你一直醒著～？」

「一直醒著。」偵探注視著半空中回應。

「不睏嗎～？」

「不睏。」偵探依然凝視著半空中回應。「身處於案件漩渦的偵探不會想睡，就是這麼回事。熬夜一兩天不算什麼。」

「啊～這樣啊～那我沒辦法當偵探～」朱美揉著惺忪睡眼，搖搖晃晃起身。「我去泡咖啡～」她走進廚房，打開流理檯的水龍頭洗臉之後，精神總算振作起來，恢復到能夠正常泡咖啡的程度。「好！」朱美在咖啡機倒入滿滿的咖啡豆，說著「我來泡一杯特濃的早晨咖啡！」鼓起幹勁按下開關，接著把插頭插上再度按下開關。但咖啡機只發出像是很痛苦的吼聲。「嗯？這麼說來，我忘記加水！」

十分鐘後，朱美端著好不容易完成的三杯咖啡前往客廳。客廳裡，遠山真里子揉著惺忪睡眼道早安。她以無神的表情接過咖啡杯，喝一口濃烈的早晨咖啡，隨即發出「嗚！」的呻吟聲，像是狠狠挨一拳般板起臉。「這咖啡真提神。」

此時，鵜飼的手機像是剛剛清醒般，響起輕快的來電鈴聲。他走到客廳角落，把手機抵在耳際，進行不算長的對話之後結束通話，就這麼沒闔上手機，撥打另一個號碼。不過這通電話似乎沒人接，他默默收起手機。

「砂川警部打電話通知，大約一小時後抵達。」

「是喔，道路開放通行了？」朱美有點納悶。「太早了吧？即使雪停了，但現在才要開始除雪啊？」

「所以說，他是直接坐除雪車過來。所以一小時後到。」

「真亂來。」朱美腦中浮現除雪車頂著警車燈趕往命案現場的光景。雖然奇怪，但那位刑警有可能這麼做。「話說回來，還聯絡不上咲子小姐嗎？」

「嗯，還不行，一直和昨晚一樣沒人接。」偵探從朱美手中接過咖啡杯喝一口。

「嗚！」

偵探靜靜將咖啡杯放在桌上。「好啦，接下來怎麼辦？」

真里子隨即開朗地提議。

「各位，難得變成好天氣，我們去庭園看看？或許會有蛛絲馬跡吧？」

真里子這番話，引得朱美看向窗戶。確實是「好天氣」。即使隔著窗簾，也清楚看見窗外比剛才明亮許多。朱美起身打開窗簾，窗外是如詩如畫的整面銀色世界，清晨陽光與雪的反光瞬間充滿室內，達到眩目的程度，這幅光景瞬間趕走她心中的不安與恐懼。

「也對。在太陽公公底下重新檢視，或許會發現昨天看漏的線索。」

「是啊。就這麼辦吧。此外，偵探先生，你還沒履行昨晚的約定，我沒忘喔。」

「昨晚的約定？啊啊，我必須把我知道的事情全告訴妳，對吧？」

「沒錯，我會邊走邊問。好了，出發吧！」

二

三人一起走出大門。眼前簡直是整面純白的世界。善通寺家無論是庭院、宅邸、車庫，甚至樹木、花草與石頭都位於純白之中。晚間只令人恨得牙癢癢的雪，如今在晨光中重新欣賞，就有種近乎神聖的美感。朱美戰戰兢兢朝雪地踩下第一步，柔軟的雪輕易將她的腳吞噬到小腿肚。山區積雪達三十至四十公分，看來昨晚的氣象預報成為現實。

「好壯觀，烏賊川市大概是第一次下這麼大的雪？」

「或許吧，不過這裡是豬鹿村。」

「還不是一樣？因為烏賊川市就在旁邊。」

「說得也是。」

三人漫無目的逛著庭院，檢視巨大正門到外門下車處的水泥路與西式庭園，尤其仔細檢視車庫與葫蘆池周邊，卻完全找不到關於春彥去向的線索。

這段時間，鵜飼很有條理地向真里子說明昨晚到今早，在他們身邊發生的各種奇妙事件。與其說是回應真里子的要求，應該說是他藉此整理自己的思緒。鵜飼的說明從他遇見金髮青年與春彥的奇妙場面開始，接著包括春彥在咲子夫人外出時的奇妙態度、春彥晚餐前的奇妙外出、晚餐後打給春彥的奇妙電話，以及春彥在深夜挖洞的奇妙場面。

「簡單來說，春彥伯父從昨晚就一直做『奇妙』的事。」真里子點頭接納之後，豎起兩根手指。「不過，關於剛才的說明，我要補充兩點。」

「喔，看來妳知道某些隱情。」

「首先是伯父晚餐前外出的地方。住水沼家的不是女性，只是伯父的將棋棋友。但我不認為伯父在這短短的四十分鐘是去下將棋。」

「原來如此。要補充的第二點是？」

「關於晚餐後的電話。」真里子忽然面向朱美。「當時朱美小姐也在旁邊吧？」

「是的，就在旁邊。妳記得真清楚。」

現在回想起來，那件事果然奇妙。時間約十幾秒，春彥沒說幾句話就臉色大變，拿著話筒愣在原地好一陣子。春彥當時的樣子，也在朱美心中留下強烈的印象。

「這麼說來，真里子小姐當時也在春彥旁邊。啊，難道妳偷聽到電話內容？」

「不是偷聽啦，只是湊巧聽到話筒傳出來的聲音。」

其實一樣。在晚餐後的那個場面，真里子的位置確實比朱美更靠近春彥。從她的位置很可能偶然偷聽到話筒傳出的聲音。

「無論如何，這樣剛剛好。」鵜飼探出上半身詢問。「電話裡究竟提到什麼？」

「我並不是每字每句都聽得很清楚，畢竟是從話筒洩露出來的聲音，有些部分聽不到。但對方肯定是男的。伯父一拿起話筒，那個人就說『喲，春彥先生吧？是我。』這樣。」

「妳、妳說什麼？原來對方是講關西腔！」

出乎意料的事實使得鵜飼緊張，但真里子很乾脆地搖頭回應。

「不，他講的是標準腔。不過意思一樣，所以無妨吧？」

忽然擺脫緊張情緒的鵜飼，像是感到暈眩般踉蹌癱坐在雪地。看來偵探跟不上她大而化之過頭的作風。朱美代替鵜飼提出偵探事務所的要求。

「可以的話，方便據實以告嗎？這是非常重要的局面，請別加關西腔。」

「明白了。」真里子率直點頭，像是整理記憶般停頓片刻。「嗯，肯定沒錯，那個人是這麼說的：『嗨，春彥先生吧？是我。』」

鵜飼取出手冊寫下她的話語。

「換句話說，語氣很親密。」

「沒錯，感覺很像是裝熟。」

「是標準腔吧？」

「標準腔。」

「那個人有提到自己的姓名嗎？」

「應該有，但我那時候沒聽清楚，大概是『安藤』、『近藤』或『遠藤』，總之就是這種姓氏。」

「嗯，簡單來說，就是『○藤』之類的姓氏。唔～不過這種姓氏挺多的。比方說『權藤』、『近藤』或『遠藤』，諸如此類。那名男性自報姓氏之後講了什麼？」

「我聽不懂意思，但他好像提到『將你妻子……』之類的。」

「『將你妻子……』怎麼了？」

「不曉得。他後續似乎提到做了『某件事』，但窗外剛好颳起強風，所以我沒聽清楚。」

「那名男性只說這些？」

「不，還有後續，接下來我就聽得挺清楚的。記得他說『這次輪到你了』，肯定沒錯。」

「『這次輪到你了』……他、他真的這麼說？確定沒錯？」

鵜飼以前所未有的激動表情確認。

「真的啦，確定沒錯，那個人確實這麼說，並且在最後簡單說聲『再見』，就單方面掛斷電話。」

「『這次輪到你了，再見』……」鵜飼重新審視寫在手冊上的字。

「換句話說，這名男性在電話裡是這麼說的。首先是『喲，春彥先生吧？是我』這段親密問候，接著說『將你妻子……』，然後是『這次輪到你了』，最後再以『再見』結束對話。確定沒錯吧？」

「對，這樣沒錯。至少我只聽到這些。」

遠山真里子提供的新事實，究竟代表著什麼意思？這件事是否掌握本次事件的重要關鍵？朱美完全沒頭緒。但這件事似乎對鵜飼造成無比震撼。

「居然會這樣！」

鵜飼驚呼之後，啪一聲闔上手冊，並且開始在雪地隨處亂走，像是在整理腦中浮現的思緒。只有他周邊的雪被踩踏之後越來越結實又平坦，朱美與真里子以不安的表情注視他的行為。最後，他行走的軌道變成像是在畫圓，他在圓心位置被自己踩硬的雪地滑倒。「難、難以置信……」

「……」朱美對這個人的所作所為更加難以置信。「什麼嘛，究竟是怎麼回事？說說看吧？」

朱美看著滑倒的鵜飼如此詢問，他就這麼注視天空開口。

「亞佛烈德・希區考克執導的《火車怪客（Strangers on a Train）》！」

朱美嚇得抱住真里子，兩人一鼓作氣退後五公尺之後轉頭相視。

「天啊，他好像摔壞腦袋了。」

「看來別靠近他比較好。」

鵜飼在遠觀的兩人眼前起身，並且若無其事，不曉得向誰開口述說。

「昨晚，一通奇妙電話打給春彥。電話那頭的男性對春彥說『這次輪到你了』。我聽到這句話就冒出一個靈感。」

真里子頻頻發抖。「他開始自言自語了，怎麼回事？」

「放心，這裡交給我。」朱美輕拍畏懼的真里子要她安心，接著鼓起勇氣走到鵜飼身旁，彎腰投以甜美的笑容。「鵜飼先生，你究竟冒出什麼靈感？」

「嗨，朱美小姐，原來妳在這裡。沒什麼，電話裡的這句話，和我之前聽過的臺詞幾乎相同。」

「哪裡聽到的？」

「電影。」

「電影？」

「沒錯。就是《火車怪客》。」

「《火車怪客》……記得是早期的驚悚電影吧？」

「對，導演是亞佛烈德．希區考克！」

太好了，他腦袋沒問題，說的話符合邏輯，這樣就不要緊了。「真里子小姐，看來他沒事，過來吧。」

真里子戰戰兢兢進入圓圈，繼續討論電影話題。

「所以，那部《火車怪客》是怎樣的電影？」

「一言以蔽之，就是交換殺人的電影。」鵜飼以電影評論家濱村淳的風格簡介這部電影。「劇情一開始的場面，是一名神祕男性接近搭乘火車的男主角，提出交換殺人的要求。男主角有一名相處不太好的妻子，以及一名美麗的情婦。男主角想和情婦在一起，但妻子成為阻礙。另一方面，神祕男性討厭父親的強權作風，想殺害父親繼承遺產。簡單來說，兩名男性各自有一個想殺的對象。懂嗎？」

「哎，交換殺人大致都是這麼回事吧。所以呢？」

「聽到交換殺人邀請的男主角，對這項計畫大幅心動，但自制心在最後勝利，他拒絕了這個邀請。交換殺人的契約沒成立，男主角就這麼和神祕男性分開。然而電影從這裡離奇演變。這名神祕男性擅自約出男主角的太太，在遊樂園殺害。」

「這是怎樣？真亂來。」

「他們沒說好要交換殺人吧？」

「對，兩人沒達成協議，神祕男性卻單方面執行交換殺人計畫，並且單方面打電話給男主角說：『這次輪到你了。』」

「換句話說，那個男性的意思是『我將你妻子殺了，這次輪到你殺我父親了』，對吧？」

「聽起來很像昨天打給伯父的電話耶。」

「沒錯。昨晚電話裡的那個人，首先說『我將你妻子……』，然後是『這次輪到你了』。雖然語氣比較客氣，但內容幾乎相同。」

「就算這樣，這怎麼可能……」

「我當然不認為現實會發生和電影完全相同的事，但可能發生類似的事。」

「換句話說，你認為現實正在進行交換殺人計畫？」

「對。而且如果春彥是共犯，會是什麼狀況？」鵜飼以慎重語氣，述說其中一種可能性。「假設春彥想殺害咲子夫人，另一方面，有一名人物X想殺害Y。如果春彥和X協議進行交換殺人，X將代替春彥殺害咲子夫人，而且春彥當然會準備行凶時間的不在場證明。」

「所、所以是昨天晚餐時的事情？」

「這樣的話，我與真里子小姐就成為不在場證明的證人？」

「妳們當然也會成為證人之一，但是有交情的同居人或是受雇的幫傭，即使作證也缺乏可信度，最好有個毫無利害關係的外人證明他不在場。」

「就算最好是這樣，但這裡也只有我們啊？」

「沒錯，所以春彥刻意在晚餐前主動外出。」

「啊，所以是水沼先生！」朱美不由得拍一下手。「春彥讓將棋棋友水沼先生，擔任不在場證明的證人！」

「沒錯。考量到這一點，他忽然外出也情有可原。」

「那麼，春彥待在水沼先生家的這四十分鐘，遠方某處正在發生命案？」

「有可能。始終只是其中一種推測。」鵜飼不改慎重的態度說下去。「春彥從水沼先生家回來後，和妳們一起用餐，X在用餐結束時打電話說：『我將你妻子殺了，這次輪到你了。』換句話說，這通電話不只是告知計畫按照預定進行，也是催促春彥殺害Y。依照這個推測，春彥表情緊張到緊繃也在所難免。」

「也對，我似乎懂了。」

「但接下來才是問題。春彥在深夜進行奇妙的行動。他不知為何做出類似挖墓的行徑，並且消失得無影無蹤。那麼，他去了哪裡？」

「難道春彥是去殺害Y？」

「如果是交換殺人，就是這麼回事。」

「可是這樣的話，X是誰？Y又是誰？」

「如果打電話的是X，這個人就是男性，一個姓『安藤』、『近藤』或『遠藤』的傢伙。另一方面，Y的身分不得而知。依照電影劇情，Y應該是X的父親吧。不過現實應該和電影不同。」

「那當然，交換殺人這種事太離譜了。」朱美懷抱著祈禱般的念頭大聲主張，並且提出一個根據證明離譜。「何況他即使是去殺人，但要怎麼去？這裡不是市區，而且昨天整晚下大雪，道路禁止通行，肯定沒辦法開車下山。」

「話是這麼說……但即使不清楚深夜挖墓的意義，我也覺得這個推測頗為合理。不過，這是最壞的狀況。假設這個劇本是真的，咲子夫人就已經……」

「你說她已經遇害？怎麼可能！」朱美抓住鵜飼的手臂懇求。「打咲子小姐的手機看看吧，現在或許打得通。不對，肯定打得通。」

「也對，就這麼辦。」鵜飼連忙從胸前口袋取出手機，撥打咲子夫人的號碼。就在這個時候……

「你們看，那是什麼？」

真里子像是忽然發現某種東西，指著庭院一角詢問。

三

朱美往真里子所指的方向看去，那裡是圍繞庭院的籬笆，如今覆蓋著白雪，彷彿白色圍牆。圍籬某處掛著一塊褐色布料，這塊布隨風飄揚，像是隨時會飛走。

「啊，偵探先生，你看！是圍巾！」

真里子出乎意料的發現，使鵜飼暫時停止操作手機跑向圍籬，朱美也跟了過去。接近一看，就發現掛在圍籬樹枝上的確實是圍巾，而且不是普通的圍巾。

「我記得這個，是春彥深夜挖洞時圍的圍巾。」

「這條圍巾在今天早上掛在這片圍籬，就表示……」

鵜飼說著確認圍籬的樣子。此處正好是兩棵樹之間，有一個足以讓一個人鑽過去的縫隙。

「喔，這條縫隙能鑽，我大概可以鑽出圍籬。」

鵜飼暫時將手機收回口袋，大膽將半個身體鑽進縫隙。

鵜飼完全消失在樹木另一邊，看來順利鑽過圍籬。偵探接著放聲驚呼。「喔喔，這裡是怎麼回事！唔～原來如此原來如此，春彥昨晚挖洞之後，從這裡鑽出來消失在某處……這真是令人驚訝。」

位於圍籬另一邊的朱美，完全不曉得鵜飼在驚訝什麼。

「等一下，我也要過去。」

朱美模仿鵜飼試圖鑽過縫隙，真里子見狀愕然低語。「妳真好奇啊，小心點。」

確實有點好奇過頭了。朱美即使如此心想，也無法阻止已經激發的好奇心。全身各處被灌木樹枝勾到的她，好不容易鑽出圍籬，並且立刻語塞。

「……」

「咦，妳來啦。原本想跟妳說這裡很危險，要妳別過來。」

「這、這是怎樣……」朱美誤以為自己是滑雪跳躍賽的選手。「這裡是跳臺？」

「不是跳臺。如妳所見，只是位於陡峭斜坡上方。」鵜飼若無其事地說明。「仔細想想也理所當然。善通寺宅邸蓋在山坡上，這裡大概是堆土形成的區域，因此沒種樹。現在這條陡坡積雪，確實如妳所說，看起來像是滑雪跳躍賽的跑道，不過昨晚的春彥才應該令人驚訝，他肯定就這麼拿著鐽子衝下……不對，應該說滑下斜坡。這是值得驚訝的異常行動，超脫常軌。」

「那麼，春彥果然是為了履行交換殺人的約定……」

朱美腦中瞬間浮現春彥目露凶光滑下斜坡的樣子，但現在沒空沉浸在這種妄想。

「先不管這個，電話啦，電話。打電話給咲子小姐！」

「喔，我都忘了。」

鵜飼重新從口袋取出手機，手機卻離開偵探的手，掉在不遠處的雪上。那裡是已經開始傾斜，非常不穩定的區域。

「哎，幸好掉在雪上。要是掉在水泥地上就壞了。」

「不過那裡是斜坡，感覺隨時會滑下去。」

「它休想。」

鵜飼沒想太多就當場蹲下，將右手伸向斜坡上維持微妙平衡的手機。但手機位於他指尖幾公分前面的位置拿不到。鵜飼繼續將重心往前，朱美看著他身體逐漸前傾的樣子，感覺背脊一寒。

這個人居然做出這麼危險的事！她甚至有點生氣。

但鵜飼不可能知道她的想法，說聲「差一點了！」沒想太多就繼續伸出手。

「住手！這樣很危險！」

「沒、沒問題……唔喔！」鵜飼在最後加把勁，總算碰到手機。在鵜飼開心喊著「成功了！」的瞬間，朱美達到忍耐的極限。

「危險啊啊！」朱美不由得抱住鵜飼。

「哇，朱美小姐！」鵜飼反而被她嚇到。「妳、妳這是做什麼！喂，別推，別亂動，會摔下去，要摔下去啦～！」

「不可以摔下去！」

「笨蛋！我是說妳要摔下去了！」

「咦！」朱美聽他這麼說才首度發現，自己的身體已經有一半位於斜坡。「哇啊啊啊啊啊啊！」

這次輪到朱美緊抓住鵜飼，但為時已晚，兩人完全失去平衡，身體都位於斜坡那一邊。朱美抓著鵜飼、鵜飼抓著朱美，兩人各自露出拚命的表情抓住彼此。

「呀啊啊啊啊～～～～……」

「哇啊啊啊啊～～～～……」

兩人沿著積雪陡坡無止盡滑落。

通往真相的小徑（流平・櫻）

一

流平回過神來，發現窗外很明亮。他走到窗邊，擦拭起霧的玻璃窺視窗外景色。感覺得到即將天亮。看來雪幾乎停了，天候明顯逐漸恢復。等到雲層散去，朝陽應該會探出頭來。時鐘指針顯示上午六點五十分，是日出時間。

「天亮了。」流平忍著呵欠，轉身看向彩子。「不曉得警察在做什麼。」

「誰知道，大概在幫忙剷雪吧。」彩子不曉得從哪裡拿出舊雜誌翻閱，像是抱怨般這麼說。「不提這個，你幾乎整晚沒睡吧，不睏嗎？」

「當然睏。」流平剛說完，就打個好大的呵欠。「不過，我在這種狀況不能睡，畢竟殺人凶手隨時可能出現。話說彩子小姐不睏嗎？」

「不睏。」她露出從容的笑容。「要是通宵一天就倒下，沒辦法當電影導演。」

「這樣啊，那我沒辦法當電影導演。」流平無力坐在沙發。「我好不容易撐到現在，但是到極限了，眼皮重得快要掉下來。櫻小姐也早就睡著……」

十乘寺櫻在凌晨五點耗盡精力，如今躺在L型沙發的長邊熟睡，睡臉安詳得不像是身處於命案風波。流平不禁再度心想，如果不是這麼肅殺的狀況，就可以進一步做出「那種事」或是「這種事」，但是在這種場合，水樹彩子也堪稱是個阻礙。不曉得是不是心有靈犀，彩子主動提出這個問題。

「如果我現在離開這裡，你會對櫻做什麼？對毫無防備的櫻做出什麼事？」

「您、您、您問這什麼問題？我、我我、我不可能對她做任何事吧？」

流平強烈否定，但即使強烈否定，也不代表他說的是真話，他明顯想做某些事。

「這樣啊，我知道了。」

彩子像是看透一切般輕輕點頭。無法理解她這樣問是想知道什麼事。

「我實在搞不懂。啊，不是指命案，是指彩子小姐。您和櫻小姐情同姐妹，是十乘寺十三先生疼愛的女星，學生時代就是活躍的業餘電影導演。但是只有這樣？」

「只有這樣，你哪裡不滿意嗎？」

「並不是不滿意，但我忍不住有點在意。」此時，流平總算回想起至今還沒問她的某個問題。「這麼說來，彩子小姐，您在我們初遇時對我說過，感覺可以和烏賊川市立大學電影系『肄業』的我談得來。」

「嗯，我確實說過。」

「您是聽誰說我肄業的？」

「唔，還有誰……」彩子的視線瞬間在半空中游移。「當然是聽櫻說的。」

「這樣啊，我明白了。」

流平用力點頭回應。不過即使用力點頭，也不代表他充分接受這種說法。「彩子小姐，我心愛的戶村流平大人，是烏賊川市立大學電影系的肄業生。」櫻真的會對情同姐姐的水樹彩子講這種話？應該不太可能。流平認為早稻田或慶應就算了，烏賊川市立大學肄業的學歷無法拿來炫耀，一般都會隱瞞。

彩子似乎將流平的沉默解釋成其他意思。

「別在意。烏賊川市立大學肄業的你，和奧床市立大學畢業的我沒什麼差別。」

她以這種奇怪的方式安慰。總之流平回應「說得也是」，將身體靠在沙發椅背，打一個至今最大的呵欠。當時鐘指針走到上午七點半，他的意識忽然斷絕。

流平終於落入夢鄉。

二

「咚！」

耳際響起好大的聲音，臉部傳來劇痛，流平因而清醒。既然說清醒，代表自己肯定睡著了。糟糕！流平連忙睜開雙眼，發現自己在地上。看來是坐在沙發睡著之後，無法維持平衡而摔落地面。看向時鐘，現在是上午七點四十五分。流平鬆了口氣，看來自己只睡了短短十五分鐘。

大概是發出太大的聲音，熟睡的櫻也從睡夢中醒來。她揉著惺忪睡眼，緩緩從沙發起身，向流平道早安。「拗安～」

看來櫻剛睡醒時會口齒不清。

「嗨，櫻小姐早安，外頭天氣很好喔。」

流平指向窗外。世界的景色在短短十五分鐘大幅改變。天空湛藍、大地雪白，積雪反射晨光，超越美麗達到眩目的程度。櫻走到窗邊，眺望戶外景色一陣子之後，似乎總算振作精神，語氣清晰到和剛才完全沒得比。

「我早上精神不濟，所以起床會低血壓。」

「應該是早上低血壓，所以起床會精神不濟吧？」

「對，我就是想這麼說。」還差一點才完全清醒的櫻，以愧疚的語氣說聲「我去洗臉」離開客廳。不久之後，櫻從盥洗室回來，一副精神抖擻的樣子。她環視客廳，重新露出詫異的表情詢問。

「請問彩子小姐在哪裡？」

「咦，彩子小姐？」流平重新環視四周。「這麼說來，她不在。上廁所嗎？」

「不，廁所與盥洗室都沒看到她，難道是回自己房間就寢？」

「不，可是……」流平歪過腦袋。電影導演水樹彩子不把熬夜當成一回事，至少她十五分鐘前才發下這個豪語，但她為何忽然……「啊，說不定她真的離開了！」

流平睡著前，彩子曾經暗示：「如果我現在離開這裡，你會對櫻做什麼？」當時她是這麼說的。

流平抱著疑念前往玄關，確認彩子的鞋在不在。正如他的想像，脫鞋處沒看到彩子的高跟鞋。流平立刻打開玄關大門，眼前是一片遼闊的銀色世界。如同鋪滿柔軟棉花的雪景中，只浮現一條凌亂的痕跡。

「是彩子小姐的腳印！剛留下沒多久！」

流平穿上自己的鞋子，匆忙衝到戶外。

「天啊，不得了！」櫻也跟著流平走出玄關。「究竟去哪裡了？在這種深山，而且積雪這麼深，彩子小姐走去哪裡了？」

「不曉得。總之她肯定沒離開太久，我追她的足跡看看，現在或許還追得上。」

「我也去！」

「慢著，這……」流平原本想說這樣很危險，卻立刻換個想法。櫻獨自留在這間別墅，將會是另一種危險，共同行動反而比較安全。何況櫻將彩子視為親姐姐仰慕，實在無法要求她什麼都不做靜待消息。

「明白了，一起去吧。請多穿衣服以免著涼。好了，快準備吧。」

不到一分鐘，兩人著裝完畢，再度在玄關會合。

「出發吧。」

兩人離開向日葵莊，沿著彩子留下的足跡前進。足跡毫不猶豫筆直朝森林延伸，是昨晚前往清水旅館使用的道路。兩人即將進入森林時，櫻擔心地詢問。

「彩子小姐該不會是自己去泡溫泉吧？」

「怎麼可能，即使是彩子小姐，在這種緊要關頭也不可能這麼悠閒……」不對，有可能！其他人就算了，但如果是水樹彩子，清晨泡澡應該是家常便飯。流平有種不祥的預感。「總之先沿著足跡走吧。」他說完進入森林。
道路進入森林之後成為上坡路。雖說是早晨，周圍卻陰暗得看不清足跡，加上積雪也不是很均勻，一個不小心就找不到足跡。不過森林裡只有這條上坡小徑稱得上道路，水樹彩子肯定是沿著這條小徑往上走。
「戶村大人。」櫻忽然詢問流平。「彩子小姐為什麼瞞著我們外出？即使基於某個理由外出，為什麼不知會我們？」
「不曉得。但我認為並非和昨晚的案件無關。說不定昨晚的案件是她的犯行。」
「怎麼可能，我們最清楚這是不可能的事情吧？昨晚的案發時間是深夜一點五十一分，我們就在這個時間聽到玻璃破碎、遇害者被打的聲音，而且彩子小姐當時就和我們一起看影片，所以彩子小姐不可能犯案，我覺得這是證明她清白的最好證據。」
「是的，櫻小姐說得沒錯，彩子小姐案發當時和我們在一起，她確實具備不在場證明。但我實在覺得不對勁。」流平放慢腳步，質疑彩子的不在場證明。「到最後，只有一捲影帶能證明彩子小姐的清白。但是這捲影帶是彩子小姐本人準備的，也是她提議大家一起看影片。這麼一來，可能打從一開始就是彩子小姐設下的陷阱吧？我們或許就這麼被彩子小姐的詭計利用，成為不在場證明的證人。比方說我們看的那部影片，也就是水樹彩子執導暨主演的《電影導演彩子》，要是影帶動過手腳怎麼辦？」
「請問是什麼樣的手腳？」
「證明彩子小姐清白的關鍵是聲音。類似玻璃破碎的聲音，以及類似遇害者被鏟子之類的物體毆打的金屬撞擊聲。我們在《電影導演彩子》的最高潮片段，在影片放映經過五十一分鐘的時候聽到這個聲音。但這個聲音真的是權藤源次郎遇害時的聲音嗎？說不定是來自電影的音效。」

「電影音效！」櫻驚呼一聲，在瞬間停下腳步。「那麼，戶村大人的意思是說，我們聽到的那個聲音是錄音？不會吧，怎麼可能……」

「不過，櫻小姐，那個聲音究竟是來自權藤別墅的真實聲音，還是從電視喇叭發出的聲音，妳能抱持確信斷言嗎？」

「不，這……」

櫻支支吾吾，流平見狀對自己的推理更具信心。

「水樹彩子是業餘電影導演。只要活用這個經驗，要在高潮場面剪接加入『玻璃破碎的聲音』以及『鏟子打頭部的聲音』輕而易舉，和音效後製的方式相同。不過，一無所知欣賞電影的我們，忽然聽到不符場面的音效，只會稍微覺得不對勁，並且依照常理，推測這些聲音和電影無關，是來自別處的聲音。得知權藤源次郎遇害之後，就會認為『啊，所以在那部電影高潮場面聽到的怪聲音，就是當時的聲音』。我們沒想到電影會加入完全和劇情無關的音效，因此我們聽到音效只會聯想到命案，並且斷定這就是行凶時間。」

「這麼一來，會是何種狀況？」

「也就是說，我們一直深信凌晨一點五十一分是行凶時間，其實是錯的。這麼一來，即使實際行凶時間是凌晨兩點過後也無妨。在這個時間，彩子小姐已經和我們道晚安，先行回到自己的房間，因此她肯定可以在之後溜出山莊行凶。換句話說，她的不在場證明不成立。」

說到水樹彩子的不在場證明不成立時，森林小徑和另一條小徑交會。往左走是清水旅館，但彩子的足跡往右延伸。看來她不是為了悠哉泡溫泉而獨自外出，加上她的不在場證明不成立，她是真凶的可能性逐漸成真。

兩人追著彩子的足跡右轉，繼續沿小徑前進。櫻像是依然抱持一絲希望般詢問。

「可是這樣很奇怪。我們昨晚看了相同的電影兩次，第一次是正常看電影，第二次是為了確認行凶時間而看。不過，第一次看電影時聽到的『玻璃破碎的聲音』以及『鏟子打頭部的聲音』，看第二次的時候沒聽到。如果影帶聲音動過手腳，第二次肯定也會聽到相同的聲音。」

「嗯，櫻小姐，這個指摘很犀利。不過這真的是很簡單的手法。彩子小姐恐怕準備了兩捲影帶。第一捲是加入命案音效的影帶，另一捲是沒動過手腳的影帶。我們在發現屍體之後看的電影，來自這捲沒動過手腳的影帶。她讓我們看兩次電影，讓我們認為影帶沒動過手腳。」

很遺憾，這個推理很完美。流平內心五味雜陳。

「我聽懂戶村大人的意思了。不過，我實在無法相信彩子小姐是殺人犯。我不打算否定戶村大人的推理，但我敢斷言只有這件事沒錯。彩子小姐不是殺人凶手。」

既然這樣，水樹彩子為什麼要逃走？如果不是逃走，她這樣單獨行動具備何種意義？疑問源源不絕，但考量到櫻相信彩子清白的心情，就不想進一步懷疑彩子。

「我剛才的推理，終究只是其中一種可能性。坦白說，否定彩子小姐的不在場證明，就代表我與櫻小姐也沒有完美的不在場證明。總之現在先找彩子小姐要緊。直接詢問彩子小姐本人，就可以得知所有真相。」

「好的。」櫻大幅點頭之後，像是不顧一切般，在厚厚積雪的小徑小跑步前進。「積雪這麼深，彩子小姐肯定也走不了太遠。戶村大人，我們快走吧。」

「櫻、櫻小姐，請等我一下，走這麼快很危險……噗哈！」

流平淒慘地撲倒在白雪地毯上。摔在雪上不痛，卻冷到生痛。流平含著雪塊抬起頭。「……咦？」

櫻的背影佇立在他的視線前方。直到剛才輕盈彈跳的長髮，如今動也不動完全靜止。沿著櫻的視線看去，卻因為有個平緩的轉角，所以無法看太遠。流平連忙起身穩住姿勢，跑到櫻的身旁。

「櫻小姐，怎麼了？」

櫻不發一語，只是指著前方。

流平看向櫻所指的方向。

積雪的小徑。水樹彩子低頭站著。

而且，水樹彩子腳邊倒著一名男性。遠眺也看得出來那名男性已經死亡。因為許多雪落下堆積在男性身上。彩子就只是恍神般俯視這具屍體。

三

「彩子小姐！」

流平呼喚她的名字跑過去，櫻也回神般跟在流平身後。

「喲，你們來啦。」察覺兩人的彩子，出乎意料地面不改色舉起單手問候。

流平筆直走向屍體。男性腰部微微出血，仔細一看，一把刀深深插入左側腹，這似乎是致命傷，雪甚至堆積在刀柄。

「是您殺的？」流平不由得質詢彩子。

「別說傻話。」彩子不慌不忙，面無表情地否定。「如果是我剛才殺的，屍體身上就不會積雪吧？」

「說、說得也是。」

「我也是剛發現，並且嚇了一跳。」

依照積雪程度，這名男性明顯是在深夜到天亮時喪命。流平重新蹲在屍體旁邊。男性身穿黑色系衣物，由於就這麼趴倒在雪地，看不到臉部表情。頭髮略微花白，似乎不是年輕人。流平仔細撥開屍體身上的積雪，試著進一步確認死者身分。隨著屍體細節逐漸曝光，三人之間充斥緊繃的氣息。就在終於要看見臉部的瞬間……

「……嗯？」彩子忽然露出疑惑的表情。「怎麼了？」

「……哎呀？」櫻也環視四周。「怎麼回事？」

「……唔！」流平也察覺異狀，不由得繃緊身體。

流平提高警覺注意周邊。兩側是平緩轉彎的積雪小徑、眼前是他們剛才穿越的森林，身後則是白雪覆蓋的樹叢，完全沒看到可疑的東西。在如此心想的剎那……

「！」真相不明的恐怖。如同某種天大災難進逼到面前的預感。「要出事了！」

三人感受到危機繃緊全身。

此時，後方傳來兩個滑落的慘叫聲。

「……呀啊啊啊啊～～～～！」

「……哇啊啊啊啊～～～～！」

三人驚覺不對而轉身時，為時已晚。兩個物體穿過他們身後的樹叢，筆直飛向他們。流平、櫻、彩子三人無計可施，如同保齡球瓶朝三個方向撞飛。粉雪如同砂塵飛舞，樹上積雪發出聲音落下，樹梢的鳥群一起飛走，最後是深沉的沉默籠罩四周。

「……？」

究竟發生什麼事？撞飛到路邊橡樹根部的流平，搖晃腦袋坐起上半身。不經意往旁邊一看，櫻整個頭埋在雪堆裡，不是千金小姐該有的模樣。「哇！櫻小姐，妳還好吧！」

拉出來一看，千金小姐處於半恍惚狀態。

「……還以為要死掉了。」櫻述說著這份恐懼，看來姑且沒事。話說回來，我們為什麼非得遭遇這種不講理的下場？流平內心冒出無名火。

「喂喂喂！」流平衝向剛才彈飛他們的兩人。「忽然從草叢衝出來，沒常識也要有個限度吧？你這傢伙是何方神聖？我要看看你的長相！」

流平勇猛揪住這名男性，把他的臉轉過來，但流平一看到他就接受現狀。「什麼嘛，原來是鵜飼先生，那麼沒常識也在所難免。」他這麼說。「所以和你在一起的是朱美小姐吧？」

流平確認朱美的臉。朱美就這麼緊抓著鵜飼的腰。

「我、我、我還以為會沒命！我受夠了！」

朱美臉色鐵青不斷發抖，看來遭遇非常恐怖的事，總覺得過意不去。話說回來，流平沒想到會在這種地方遇見他們兩人。流平知道兩人在豬鹿村執行極機密任務，但地點是在盆藏山的另一邊。也就是說，從流平所在的奧床區域來看，他們應該位於反方向的烏賊川區域。不過，看來事實並非如此。鵜飼與朱美如今就像這樣位於面前，所以肯定沒錯。

櫻一看見鵜飼與朱美，果然露出驚訝的表情。

「天啊，這不是偵探先生與朱美小姐嗎？兩位好，上次備受兩位的照顧……咦？不過好奇怪，偵探先生為什麼會在這裡？」

「嗨，櫻小姐。」鵜飼總算從雪中起身。「沒什麼，我之所以在這裡，到頭來是因為櫻小姐的爺爺介紹委託人給我，而且這位委託人就住在這附近。啊，對了，說到委託人！」

鵜飼像是回想起來般，轉頭看向朱美。

「朱美小姐，總覺得我們正要做一件很重要的事……」

「對、對喔。」朱美也回神了。「電話啦，電話！你正要打電話給咲子小姐！」

「沒錯，打電話。啊，但我的手機呢？從斜坡滑落之後，不曉得跑去哪裡了。」

「你在找這個？」水樹彩子從旁邊遞出沾滿雪的手機。「剛才掉在那裡。」

「啊，不好意思。」鵜飼低頭致意並接過手機。他一邊按鈕操作，一邊說明現在的緊急狀況。「流平，我沒空詳細說明，總之現在狀況很不妙，委託人可能有生命危險，希望她平安無事……」

鵜飼按下最後一個按鍵，將手機抵在耳際。

數秒後……

流平等人的身旁響起手機的來電鈴聲。是希區考克的名作《擒凶記》使用的那首知名旋律──《Que sera, sera》。

水樹彩子默默拿出自己的手機抵在耳際。

「是，我是善通寺咲子。」

「哎呀，您好您好。」鵜飼就這麼把手機抵在耳機，向水樹彩子說話。「夫人，原來您就在我面前。看來您平安無事，我放心了。」

「是的，我活蹦亂跳。您那邊狀況如何？」

「大事不妙。我在您府上發現白骨屍體，而且您丈夫下落不明。」

「這樣啊，外子失蹤了？那麼……」水樹彩子將耳際的手機拿開，指著橫躺在不遠處的那具離奇屍體。「那果然是外子的屍體吧。」

四

鵜飼、朱美與水樹彩子，再度走向黑衣中年男性屍體，確認死者身分。

「肯定沒錯，是外子。」

「嗯，確實是畫家善通寺春彥。」

「是的，黑色羽絨外套與寬鬆長褲，和他失蹤前的服裝相同。」

這些人在說什麼？不明就裡的流平與櫻，就這樣被大家扔在一旁。但是看著眾人至今的互動，也勉強得到一些情報。兩人靠近彼此交換意見。

「也就是說，水樹彩子小姐的本名是善通寺咲子，丈夫是畫家善通寺春彥。」

「原來彩子小姐和畫家結婚了，我一直不曉得這件事。」

「說到畫家，昨晚看的電影，也是以畫家宅邸為舞臺。」

「這麼說來，電影裡登場的畫家，和那位男性死者長得很像。」

「肯定是同一人吧。電影裡的宅邸恐怕就是善通寺家，而且蓋在這個斜坡上方。鵜飼先生與朱美小姐從那裡滑下來撞到我們。」

「真是太巧了！」

這麼一來，問題就在於水樹彩子的丈夫——善通寺春彥，為何在這裡遇刺身亡。流平與櫻就這麼摸不著頭緒旁觀，接著，事態朝著超乎他們想像的方向進展。

「嗯嗯，原來如此。既然春彥的屍體在這裡，那個東西應該在附近。」

鵜飼的視線掃過屍體周邊，認出路邊的積雪不自然地隆起，將右手插入雪中。接著鵜飼發出「嘿、呼」的聲音，從雪中抽回右手之後，他手上握著出乎預料的東西。

流平與櫻同時大喊。

「啊～！那是……」

「是鏟子！」

鵜飼像是變魔術般從雪地取出的東西，是一把大鏟子。

「哎呀，你們為什麼慌張成這樣？這把鏟子應該沒這麼嚇人吧……啊～這、這是什麼？」

這次輪到鵜飼大叫。

「朱美小姐，妳看！春彥的鏟子沾滿血！」

「天啊，真的耶，就像是用這把鏟子打破別人的頭。」

「沒錯。春彥果然以這把鏟子當成凶器殺了人。」

「也就是說，這附近死了另一個人？」

「唔～我覺得應該沒有吧……」

流平與櫻聽到這裡，立刻出聲回應。

「鵜飼先生，有！」

「偵探先生，有！」

「你們說什麼？在哪裡？」

流平快速朝驚愕的偵探述說。

「穿過這座森林，有一間叫做向日葵莊的別墅，相鄰的屋子裡在昨晚發生命案。遇害者就是被鐽子之類的東西毆打頭部致死。」

「原來如此。也就是說，這樁命案的凶手是善通寺春彥。既然凶器位於這裡就八九不離十。那麼流平，這名遇害者是怎樣的人物？」

「是建設公司的老闆，不過似乎是『黑心改建業者』，做過不少沒良心的生意，甚至兒子們也很恨他，平常就經常面臨生命危險。」

「所以即使遇害也不意外是吧。不過，這個人和善通寺春彥真的有交集嗎？黑心改建公司老闆和名門畫家，感覺很難有關聯。話說回來，那位遇害者叫什麼名字？」

「姓權藤，權藤源次郎。」

隨即，這次是鵜飼與朱美異口同聲。

「你說什麼～！」

「你說什麼～！」

「聽、聽到了嗎？朱美小姐！遇害者姓權藤！」

「聽、聽到了，鵜飼先生！換句話說，打電話來的『○藤』是『權藤』！」

「對。遇害者本人當然不會打電話給凶手，所以電話另一頭的『權藤』是遇害者的親人！喂，流平，你剛才說遇害者的兒子們也恨他，那些兒子是怎樣的人？」

流平幾乎不懂鵜飼為何激動，但還是以偵探事務所成員的身分回答。

「權藤有兩個兒子，有可疑的是長子一雄，他三年前失蹤至今……」

「失蹤至今？不行不行，這樣完全不行。另一個呢？」

「另一位是二兒子英雄。但英雄昨晚一直在烏賊川車站前面的酒吧，擁有完美的不在場證明，我覺得和這次的命案無關……」

「什麼～！喂，朱美小姐，聽到了嗎？權藤英雄這個人有完美的不在場證明，很適合當成嫌犯。不對，幾乎可以斷定他就是凶手。」

「請、請等一下，鵜飼先生，你在說什麼？我完全聽不懂你的意思。英雄有不在場證明啊？」

「這樣就對了，流平。因為在這次的命案，擁有不在場鐵證的人正是凶手。」

「這是什麼意思？」

「這次的命案是交換殺人。這是綜合各種狀況推斷出來的結論。」

「交、交換殺人！究竟是誰與誰共謀的交換殺人？」

「當然是善通寺春彥與權藤英雄。」鵜飼充滿自信地說明。「權藤英雄恨到想殺害父親，同樣的，善通寺也想殺害自己的妻子。但要是親自動手，自己將立刻出現嫌疑，因此兩人協議交換殺人。首先，英雄殺害春彥的妻子，然後英雄打電話給春彥：『依照約定，我將你妻子殺掉了。好啦，這次輪到你了。』春彥接到電話之後，在深夜拿著鑰子前往權藤的別墅。昨晚交通因為大雪中斷，但善通寺家與權藤家的別墅近到走路就到，所以不成問題。春彥走到權藤家的別墅，殺害源次郎。依照交換殺人的定例，春彥當然在英雄殺人的時段，準備自己的不在場證明，英雄也在春彥殺人的時段，準備自己的不在場證明。流平，怎麼樣？這是相當順利合理的安排吧？這堪稱是典型的交換殺人……唔，朱美小姐，怎麼了？」

朱美以指尖輕敲鵜飼肩膀，打斷他的話語。

「那個，抱歉在你心情正好的時候打斷。」朱美指著專注聆聽鵜飼說明的水樹彩子。「如果你所說的交換殺人付諸執行，咲子小姐現在非死不可啊？」

「唔……啊，說得也是。」鵜飼毫不掩飾困惑的表情，直接詢問本人。「夫人，您為什麼活著，還打扮得判若兩人？」

「……」

水樹彩子沉默不語。不過這是因為鵜飼問得太冒失。朱美代為詢問。

「咲子小姐，您昨晚在哪裡？」

「朱美小姐，對不起。」水樹彩子微微低頭。「我昨晚和流平與櫻在一起。」

「真的嗎？」朱美向流平確認。

「是真的。彩子小姐……不對，應該稱為咲子小姐……不對不對，還是稱呼彩子小姐吧。彩子小姐和我與櫻小姐在一起，在不遠處的向日葵莊共度一晚。彩子小姐和櫻小姐情同姐妹，我也受邀前來這裡。」

「唔~搞不太懂。」朱美像是自責般，握拳敲向自己額頭。「老實說，我也一直當成是交換殺人，以為咲子夫人已經在某處遇害，實際上卻不是這樣。也就是說，這次的事件乍看是典型的交換殺人，卻不是真相。難道還有某些我們不知道的隱情？」

「是的，朱美小姐。」水樹彩子點頭回應。

「那麼，方便用我們聽得懂的方式說明嗎？畢竟咲子小姐似乎最清楚狀況。」

「好的，我會說明清楚。鵜飼先生與朱美小姐是我的委託人，流平與櫻是我的朋友，所以我有義務說明。如果警方也能列席是最好的。」

「我剛才接到電話，警方應該快到了。」

此時，櫻忽然指著小徑的另一頭。

「哎呀，各位請看，說人人到，警察先生他們來了。看，應該是他們吧？」

流平看向櫻所指的方向。兩男一女的三人組，正小心翼翼踩著雪地趕來。兩名男性是流平熟悉的砂川警部與志木刑警，既然這樣，身穿黑色大衣跟在後方的年輕女性大概是女警。流平第一次見到。女性是中性臉孔的短髮美女，繃緊表情英姿煥發的模樣，即使遠眺也令人印象深刻。

「嗨，終於登場了。」鵜飼以調侃的語氣，為水樹彩子介紹刑警們。「夫人，他們正是烏賊川警局引以為傲的最強搭檔——砂川警部與志木刑警。但如果和我較量，他們稍微屈居下風。」

「哎呀，那兩人是最強搭檔？」水樹彩子將視線投向刑警們如此回應。「那就可以期待了。」

終於，砂川警部他們抵達流平等人聚集的場所。三人組氣喘吁吁，調整呼吸好一陣子。然後砂川警部抬起泛紅的臉，仔細審視場中眾人，表情立刻浮現困惑神色。

「喂喂喂，這究竟是怎麼回事？所有人齊聚一堂迎接我們？」

砂川警部身旁的志木刑警也愣住。

「警部，總覺得都是熟面孔。」

「是啊，一點都沒錯。鵜飼杜夫、二宮朱美、戶村流平，連十乘寺家的大小姐也在……咦，妳是？」

砂川警部的視線落在水樹彩子身上。流平為砂川警部介紹她。

「啊，警部先生，這位是水樹彩子小姐，是櫻小姐的朋友。」

「這是流平的說法。」鵜飼從旁邊探頭搶話。「但正確來說，她是善通寺咲子小姐。是善通寺家的夫人，也是我的委託人。」

但砂川警部表情更加困惑，誇張地張開雙手這麼說。

「啊？水樹彩子？善通寺家的夫人？你說這什麼話，我完全聽不懂。喂，這是怎麼回事？」

砂川警部求助般看向水樹彩子，水樹彩子隨即對砂川警部恭敬行禮。「警部，好久不見。」接著她看向警部旁邊的年輕刑警，開心舉起單手。「喲，志木，你還在當警察啊。」

「託、託您的福。」志木刑警露出困惑表情低頭致意。「很高興看見前輩過得這麼好……不過前輩，您究竟在山上這種地方做什麼？」

「沒有啦，發生了很多事。」水樹彩子聳肩回應。「晚點告訴你。」

接著，砂川警部親密地將手放在她肩膀，重新向愣住的眾人介紹。

「她叫做和泉——和泉咲子。曾經是刑警，直到三年前都擔任我的部下。」

介紹為和泉咲子的水樹彩子，再度向眾人低頭致意。

砂川警部身後的短髮美女，以流利的關西腔放聲驚呼。

「不會吧，咲子小姐曾經是刑警？這是怎麼回事？」

【解決篇——在撕裂之夜的盡頭】

一

不久，警員接連抵達案發現場周邊。在善通寺宅邸庭院發現的白骨屍體、在鵜飼家別墅遇害的權藤源次郎、在兩間住家中間小徑發現的善通寺春彥屍體，三處都得進行驗屍與現場蒐證。案發現場共三處，花費的時間自然是三倍。這段期間，鵜飼、朱美、流平、櫻與遠山真里子五人，只能暫時在向日葵莊待命。水樹彩子和砂川警部他們共同行動。

「啊～不過你們倒栽蔥從那條陡坡滑下去，居然毫髮無傷，簡直是奇蹟。我聽到你們的尖叫聲，心想大事不妙，必須趕快去救你們，跑到門口剛好看到除雪車抵達，那兩位刑警先生下車走過來，拿出警察手冊給我看。他們說『叫做鵜飼的私家偵探應該在這座宅邸』，我回答『他剛才滑落山谷』，兩人聽到都嚇一跳，後來我就帶他們兩人走那條小徑。嗯？你問哪條小徑？那條小徑一直延伸到善通寺宅邸大門。走出大門沿著小徑直走，會通到清水旅館，途中往左轉就會來到這個別墅區。你們不曉得？哎，不是當地人應該不曉得吧。總之不提這個，我和刑警先生共三人走那條小徑，不久之後就遇見偵探先生、遇見朱美小姐，不知為何還遇見咲子小姐，而且咲子小姐認識刑警先生……我完全搞不懂是什麼狀況。對了，說到搞不懂……」遠山真里子此時首度面向流平與櫻。「你們是誰？偵探先生的朋友？」

「講出這種話的您……」

「……您究竟是哪位？」

流平與櫻像是對新品種九官鳥說話般，詢問遠山真里子。

三人彼此自我介紹，流平、櫻與遠山真里子至此才首度得以正常交談。

初次見面的三人相互問候之後，十乘寺櫻再度困惑地詢問。

「話說回來，這究竟是怎麼回事？如同真里子小姐所說，我也滿頭霧水。」

流平就所知範圍回答。

「總歸來說，我們以水樹彩子這個藝名稱呼的女星，真正的姓名是善通寺咲子，是鵜飼先生的委託人。善通寺咲子是她嫁給善通寺春彥之後的姓名，婚前的姓名是和泉咲子。此外，和泉咲子直到三年前都是警察，是砂川警部的部下，也是志木刑警的前輩。這樣懂嗎？」

「嗯，我懂，這部分我很清楚，我不懂的是另一件事。」櫻難為情地輕拉流平袖口。「我不懂偵探先生他們為什麼在這裡。」

鵜飼直接回答這個問題。

「所以說，如同流平剛才的說明，咲子夫人是我的委託人，我與朱美小姐在附近的善通寺宅邸通宵執行任務。另一方面，櫻小姐與流平在這間別墅，和水樹彩子——也就是咲子夫人在一起。雙方在不知情的狀況，在相隔很近的地方度過一晚，並且在今天早上巧遇。」

「是的，這部分我也懂，可是……」櫻朝流平露出更困惑的表情。「既然這樣，戶村大人為什麼對我說那種謊？」
「……啊？」
出乎意料的詢問，使得流平眨了眨眼睛。朱美出言消遣流平。
「喔，流平對櫻小姐說謊啊。不可以欺騙純情大小姐吧？你要是做出這種事，會變成鵜飼先生那樣喔。所以你究竟說了什麼謊？」
「我、我沒說什麼謊，朱美小姐，請別誤會。」流平將雙手舉到眼前用力晃動否認，並且回頭向櫻抗議。「也請櫻小姐別亂開玩笑啦！」
「天啊！」櫻臉頰瞬間泛紅。「我沒亂開玩笑！我才要請戶村大人別開玩笑。」櫻撇過頭去，流平隨即也開始賭氣。
「我沒說謊，也沒開玩笑！肯定是櫻小姐誤會了！」
「我、我不甘心！」櫻緊握拳頭，聲音微微顫抖。「率直道歉就算了，居然還狡辯，一點都不像男人！」
「是啦是啦，反正我就是不像男人啦！」
「你這個笨蛋！」鵜飼忽然朝流平脖子賞一記手刀，抓起他的衣領。「真是的，你沒有收拾場面的能力嗎？我這個做師父的實在看不下去，剛才那是什麼態度？你這個不成材的傢伙！」
「與其說不成材，應該說簡直是小學生。」朱美進一步嚴詞批評。
「真火爆的師徒關係。」首度見到兩人階級關係的真里子瞠目結舌。「我不太清楚狀況，但你還是道歉比較保險喔。」

「我為什麼非得道歉？我沒騙女生啊？」

「少廢話！」鵜飼以一記頭鎚，將不肖徒弟打入沉默深淵，接著主動走到櫻面前深深道歉。「大小姐，非常抱歉，這小子沒禮貌是我這個師父的責任，請原諒。」

櫻擔心地看著倒臥在地面的流平。

「啊，不，沒關係。偵探先生不需要為此道歉。」

「感謝您。」鵜飼抬頭重新確認。「話說回來，這個不成材的騙人傢伙，對櫻小姐說了什麼謊？」

「其實，搭電車來這裡的途中，戶村大人確實提到，鵜飼先生與朱美小姐，一起前往豬鹿村某位富豪的宅邸。」

「他說的就是善通寺家，沒說錯啊？」

「是的，接下來才是問題。戶村大人說，這座宅邸雖然位於豬鹿村，卻在烏賊川市旁邊。」

「是的，我也是這樣對流平說明的。」

「……」大小姐的表情微微抽搐。「偵探先生說的？」

「造成什麼不便嗎？」

「不，並不是不便，這樣很奇怪吧……請、請等一下。」櫻慌張離開房間，接著拿著一張老舊地圖回來。

「偵探先生，請看，我們現在位於這個區域吧？」櫻如此說著，並且指向地圖標示「奧床市」的位置，徵求偵探同意。

「嗯，您說得沒錯。」偵探點頭回應。

「另一方面，善通寺家離這裡不遠……」櫻如此說著，將地圖上的指尖稍微移動到「豬鹿村」近郊。「在這附近吧？」

「沒錯。」這次是真里子若無其事般點頭回應。

「所以怎麼了？」朱美露出擔心的表情詢問。

「天啊，三位在捉弄我嗎？請仔細看，這樣哪裡算是烏賊川市旁邊？從這裡翻越盆藏山的另一邊才是烏賊川市……」櫻地圖上的指尖大幅朝南南西滑動，指著烏賊川市和豬鹿村相鄰的區域。「看，是這裡才對。這裡才是烏賊川市和豬鹿村的交界。」

「啊啊，原來如此。」

「是這個意思啊。」

「沒錯。」

鵜飼、朱美與真里子紛紛點頭，櫻見狀進一步強調。

「就是這樣。所以我聽戶村大人說完之後，一直以為偵探先生等人在這一區，也就是從我們所在的奧床市翻過一個山頭，非常遙遠的另一個地方。但偵探先生卻忽然從斜坡滑下來撞到我們……各位知道我多麼驚訝嗎？」

「是的，我知道我知道。」鵜飼愉快地點頭，如同完全無視於至今的話題脈絡，提出一個問題。「話說櫻小姐，您今年元旦是在哪裡度過？難道是在國外？」

「咦？」櫻像是被乘虛而入般瞪大雙眼。「是的，我今年元旦人在法國，因為我這三個月住在寄宿家庭。」

「那妳是最近回國吧？」朱美進一步詢問。

「是的，一星期之前才回來。」

「難怪妳沒頭緒。」

「嗯，畢竟這也和大小姐的日常生活無關。」

「是啊，何況又不是看得見的東西。」

三人相視點頭。櫻看著他們，露出隨時會哭出來的不安表情。

「請問，究竟是怎麼回事？我誤會了什麼？說了什麼奇怪的事情嗎？」

鵜飼說出震撼的真相。

「櫻小姐，其實奧床市與烏賊川市在今年一月一日合併，成為新的烏賊川市。」

「……」櫻突然聽不懂般呆呆張著嘴，數秒後總算掌握狀況。「咦咦咦咦咦！」她猛然後退，背部咚的一聲撞到牆壁，展示架上的「東京鐵塔擺飾」掉下來打中櫻的頭。「合併！」

「嗯，是的。換句話說，我們現在所在的這裡，直到去年底都是奧床市，但現在已經是烏賊川市。今年一月幾乎都在討論這個話題，但您既然在國外，難免沒察覺這件事。」

「這、這麼說來，我出發到法國之前，聽過關於合併的消息。但我當時不太感興趣，所以沒在意……」

「總之，也沒辦法一一在意吧，畢竟世間動不動就在合併。像是各大企業盛行合併，大型銀行也幾乎合併，全國都在進行鄉鎮市的合併。」

「職棒的近鐵與歐力士也合併了。」

「這樣啊。那麼豬鹿村呢？豬鹿村現在也合併為烏賊川市的一部分嗎？」

鵜飼再度說出震撼的真相。

「不，豬鹿村沒參加本次的合併。換句話說，奧床市和烏賊川市是越區合併。」

「咦咦咦咦咦！」受到全新驚愕襲擊的櫻，背部再度咚的一聲撞到牆壁，展示架上的「安藝宮島必勝飯杓」掉下來打中櫻的頭。

「越、越區合併！」

「是的。所以現在，豬鹿村與烏賊川市的界線，是隔著盆藏山往兩方向延伸。從盆藏山南南西延伸的，是豬鹿村至今和烏賊川市的界線；另一方面，從盆藏山北北西延伸的，是舊奧床市和豬鹿村的界線，但現在同樣是烏賊川市和豬鹿村的界線。所以善通寺宅邸確實位於豬鹿村接近烏賊川市的位置，這個說法沒錯。」

「也就是說……」櫻像是在尋找己方般環視四周，但她完全孤立無援。「全都是我的誤會？」

「是的，至少流平沒說謊。」

「反倒是櫻小姐手上的地圖太舊了。」
「不過，隨身攜帶最新版地圖的人才是異類，這也沒辦法。」
「……」三人朝沉默的櫻投以同情視線。接著櫻似乎終究無地自容，雙手掩面。
「啊啊，我居然做出這種事！」然後櫻跑向挨了頭鎚昏倒的流平身旁請求原諒。「戶村大人，請原諒我……」她說完直接打開客廳落地窗衝到木製露臺，朝眼前遼闊的舊奧床市雪景大喊。
「啊～！好．丟．臉．啊～！」

二

案件真相在善通寺家客廳揭曉。聚集在這裡的有鵜飼、朱美、流平、櫻、砂川警部、志木刑警、遠山真里子等七人，至於第八人——掌握案件關鍵的女性和泉咲子，則是打扮成刑警時代的樣子出現在眾人面前。以黑色褲裝包裹修長胴體的和泉咲子，在志木刑警眼中和三年前一樣英姿煥發，最大的改變就是那頭留長的黑髮。她在刑警時代是中性短髮，肯定是離職之後留長的。
首先，和泉咲子回溯到三年前一月二十日的夜晚說起。
「那是烏賊川市下大雪的晚上。晚間七點二十分左右，遭到某人以刀子刺殺的女性，在雪中蹣跚徘徊，最後倒在鶴見街的馬路斷氣。遇害者是打扮得很高雅的美麗婦人。但她不只是包包，身上完全沒有能夠確認身分的物品，因此無法查明身分。當時擔任烏賊川警局刑警的我，和後輩刑警一起在大雪紛飛的夜晚街道拚命查訪。志木，沒錯吧？」

「是的。這麼說來，記得那是一月二十日的案件。」

「沒錯，剛好是三年前的昨天。當時查訪陷入瓶頸，我們依照『井上攝影商會』店長提供的唯一目擊證詞，將搜查範圍擴大到扇町街方向，還在湊巧造訪的咖啡館，得知遇害者曾經和神祕男性在一起。同時，我們注意到咖啡館附近的路邊，有一輛違規停車的賓士。我們推測那輛賓士的車主可能和遇害者有關，調查之後發現賓士車主是善通寺春彥。砂川警部，沒錯吧？」

「嗯，沒錯，我逐漸想起來了。隔天早上，我打電話到善通寺家確認，善通寺家的春彥很擔心遲遲沒返家的妻子。我說明遇害者特徵之後，電話另一邊的春彥，以不安的語氣表示和他妻子的特徵一致。我立刻請他前來認屍，總算查出遇害者的身分。我想想，叫做什麼名字啊……記得是咲子？還是幸子？」

「警部，是幸子。」志木如此回答。「善通寺幸子，當年三十一歲，和春彥結婚滿五年，沒有小孩，夫妻關係不佳，死亡保險理賠總額是兩億五千萬圓，而且受益人都是她的丈夫春彥。」

和泉前刑警接話說下去。

「幸子是善通寺春彥贊助者的女兒，並不是春彥自願的婚事，因此夫妻感情不算融洽，動不動就起口角。但春彥要是和幸子離婚，等於放棄重要的金援，所以他無法離婚。善通寺家在善彥大師去世，繳清鉅額遺產稅之後就陷入危機，每年光是繳納資產稅就沒有餘力。春彥和幸子起口角的原因，也幾乎是爭論是否要賣掉祖產土地與房屋。立場有利的幸子態度越來越傲慢，和春彥的關係終於達到險惡的程度，幸子命案就是在當時發生。質疑的目光當然集中在丈夫春彥身上，但警方沒逮捕春彥，因為他擁有完美的不在場證明。」

「嗯，沒錯。案發當晚，善通寺春彥在自家和畫家好友們喝到天亮，完全不可能在中途溜出來，前往烏賊川車站前面行凶，因此春彥不可能是凶手。就算這樣，也找不到其他可能殺害幸子的嫌犯。我們檢討過可能是街頭之狼或路邊惡霸的犯行，但最後都找不到決定性的證據，最後辦案總部解散，案件成為懸案，就這麼經過三年沒有破案。」砂川警部緩緩行走，詢問昔日部下。「和泉刑警，換句話說，昨晚死亡的權藤源次郎與善通寺春彥，以及那具身分不明的白骨，都和三年前的善通寺幸子命案有關？」

「警部，我是前刑警。」和泉咲子說完輕聲一笑，以三年前的語氣詢問昔日的後輩刑警。「喂，志木，你知道三年前命案和這次命案的關係嗎？」

志木像是投降般聳肩。「不，我完全摸不著頭緒。」接著他提出抗議。「既然前輩不知道，我怎麼可能知道？」

「你還是一樣沒骨氣。哎，算了。」和泉咲子早早死心，直接做出結論。「雖然有點突然，但我要說凶手了。總歸來說，三年前殺害善通寺幸子的人，果然是外子善通寺春彥。」

「前輩，不可能啦。當時春彥確定擁有完美的不在場證明。」

「這樣就對了。只有這次的案件，擁有完美不在場證明的人物才是真凶。志木，你還不懂嗎？這是交換殺人。」

「交換殺人？」志木放聲驚呼。「您說的交換殺人，是兩名殺人凶手交換下手對象的那種交換殺人？怎麼可能，那是小說或電影裡的題材，實際上不可能順利成功。是的，雖然理所當然，但交換殺人沒辦法只由一個人進行，必須有兩名凶手以及兩名遇害者才能成立。假設是春彥殺害幸子，就必須還有另一組凶手與遇害者，哪裡找得到這種案件？」

「有啊，另一個遇害者，就是在權藤家別墅遇害的那名男性——權藤源次郎。」

「前輩，您說這什麼話？源次郎是昨晚遇害吧？幸子是三年前遇害啊？」

「沒錯，哪裡奇怪嗎？」

「還、還問我這種問題……當然奇怪啊！警部，您說對吧？」

「不，慢著慢著，我們思考看看吧。」砂川警部從室內角落走到另一個角落，自言自語般檢討可能性。「春彥希望幸子死掉，這是事實。另一方面，有個凶手X希望源次郎死掉，這部分也足以令人接受，因為源次郎是惡徒。春彥在三年前的某天遇見X，後來兩人協議交換殺人。X代替春彥殺害幸子，這是三年前一月二十日的事。這次行凶很順利，春彥基於不在場證明擺脫嫌疑。然後時間來到昨晚，這次輪到春彥代替

X殺害源次郎，他是以鑵子毆打源次郎致死。只要X此時在某處準備自己的不在場證明，就可以擺脫嫌疑。如果真是如此，那麼……」

「是的，這是相隔三年的交換殺人。」和泉咲子以沉著的語氣斷言。

「相隔三年的交換殺人！」志木刑警露出愕然表情，接著搖了搖頭。「不可能，誰沉得住氣，進行為時這～麼久的交換殺人計畫？」

「還有誰？就是春彥與X。」砂川警部如此回應。

「那麼警部，這個X是誰？」

「嗯，命令春彥殺害源次郎的人物，就是憎恨源次郎，而且在昨晚擁有不在場鐵證的人物……是誰？權藤英雄嗎？」

「不，警部，不是英雄。」和泉咲子這麼說。「凶手是權藤一雄。」

「權藤一雄？」

「是的。權藤一雄是源次郎的長子，而且父子相互憎恨，但他三年前離奇失蹤，至今依然下落不明。」

「所以，妳的意思是失蹤的一雄再度現身，命令春彥殺害源次郎，導致昨晚發生那樁命案？」

「這也錯了。一雄已經不在世間，這件事終於在本次事件得以確認。」

「……」砂川警部露出恍然大悟的表情。「原來如此！就是那具白骨屍體嗎？」

「是的，那就是權藤一雄。他不是失蹤，是遭人暗中殺害埋葬。而且肯定也是善通寺春彥下的手。」

得知意外事實的志木刑警，表情愕然扭曲。

「所、所以是這個意思？善通寺春彥在三年前，和權藤一雄協議交換殺人，使得妻子幸子遇害，但春彥後來背叛一雄，將他殺害之後埋在庭院？」

「對，這就是三年前案件的真相。你終於明白了？」

「怎麼這樣……那麼，前輩和這種傢伙一起生活到現在……」

「志木，別提這件事。」和泉咲子以遺憾的表情看向後輩刑警。「我也受傷了。但我不會抱怨，這都是我的責任。我身為女人、身為刑警，都沒有看人的眼光。明明殺人凶手就在眼前，我卻沒有察覺，甚至和他結婚。」

「可是，即使前輩不曉得春彥是殺人凶手，春彥應該知道前輩當過刑警吧？殺人凶手春彥為什麼會和當過刑警的前輩結婚？」

「不，他不知道。他肯定只認為我是女星水樹彩子。到頭來，我和春彥算是老交情了。」

接下來，和泉咲子說起她和善通寺春彥的離奇緣分。

時間回溯到和泉咲子的大學時代。當時她已經以女星水樹彩子，或是業餘電影導演水樹彩子的身分，在圈內為人所知。另一方面，善通寺春彥陷入經濟危機，但表面上始終是以父親遺產過著優雅生活的單身貴族。

兩人相識的契機，是她挑選善通寺宅邸，做為她親自執導暨主演的電影——《電影導演彩子》的外景地點。和泉咲子認為這幢古老西式風格建築，很適合成為作品的舞臺，親自前去拜訪善通寺春彥提出拍片計畫。春彥剛開始頗感困擾，但終於被她的熱情打動，不甘不願地答應出借，同時春彥提出一個很像畫家會提出的條件，就是希望以女星水樹彩子當作模特兒繪製肖像畫。

電影順利拍攝完成之後，這個約定付諸執行，春彥為身穿鮮紅禮服的水樹彩子畫下一幅畫。數個月後，善通寺春彥以這幅命名為《女星肖像》的畫作代替花束，向和泉咲子……應該說向女星水樹彩子求婚，但她鄭重拒絕。

還年輕的她，不想在大學畢業之後直接成為家庭主婦。後來她致力於報考公職，好不容易考上，在畢業之後像是繼承父親職業般成為警察，分發到烏賊川警局，成為砂川警部的部下。和泉刑警就這麼和砂川警部搭檔解決諸多案件，又過了數年，新人志木刑警分發到警局，和泉刑警成為志木刑警的指導者。

再來是三年前一月二十日那樁決定性的案件。和泉刑警以意外的形式，再度聽到「善通寺」這個姓氏。遇害者名為善通寺幸子，而且丈夫就是當年向她求婚的善通寺春彥。

「被我拒絕的春彥，不久就和名為幸子的女性結婚。而且很諷刺地，我以刑警的身分，參與幸子命案的調查工作。」

「原來是這麼回事。不過這樣的話，前輩和春彥在三年前的案件，應該進行過命中註定的重逢吧？因為你們分別是遇害者的丈夫，以及烏賊川警局的刑警，既然這樣為什麼……啊，對喔！這麼說來，前輩當時腳受傷了！」

「沒錯。我的腳在案發第一天骨折，立刻脫離辦案小組，所以春彥見過砂川警部與志木，卻沒見到我。如果春彥當時見過我，他後來再怎麼樣也不會向我求婚吧。」

「原來如此。」志木刑警感觸良多地點頭。「這麼說來，前輩因為腳骨折的後遺症，到最後無法繼續擔任刑警。」

「嗯，不能全力奔跑的我，沒辦法在案發現場執行勤務。但現在已經完全康復，一點都不痛了。」

和泉咲子說完，以右腳腳尖用力踩踏地面，並且露出自嘲般的微笑。

「我辭去刑警工作之後，再度回到演藝圈，以女星水樹彩子的身分和春彥重逢。春彥在妻子過世之後，看起來意外地和以前沒有兩樣。我考量到他的心情，沒透露自己曾經以刑警身分參與辦理幸子命案，開始和他來往。剛開始是繪畫模特兒，後來演變成親密的交往。一年前，不知道我曾經是刑警的他，第二次向我求婚，不知道他是殺人犯的我也答應了。回想起來，這真是一段諷刺的緣分。」

和泉咲子的表情在瞬間蒙上陰影。

「結婚共同生活之後，我也不知道他是凶惡的殺人犯，過著平凡的每一天。但即使是這樣的我，也終於迎接得知真相的一天。」

「是基於什麼樣的契機？」

「是基於……」和泉咲子開口要開始說明時，忽然停頓。「不，等一下，接下來不是和泉咲子的故事。」

和泉咲子說完，轉身面向砂川警部。

「那麼警部，我至此先行告辭。」她致上最敬禮，朝志木刑警說聲「再見」，轉身背對眾人。

「咦？前輩，等一下，您要去哪裡？」

和泉咲子輕輕搖了搖手。

「我去換衣服。不准偷看啊。」

三

數分鐘後，和泉咲子從黑色褲裝搖身一變，以細褶居家長裙加淡藍色高領毛衣的造型，出現在眾人面前。不是巾幗不讓鬚眉的前刑警，而是貨真價實來自名門家系的高雅夫人。

「是咲子小姐耶，妳至今跑去哪裡了？」

遠山真里子以逗趣語氣詢問。委託人善通寺咲子登場，鵜飼偵探也立刻起反應。

「嗨，夫人您好，感覺終於見到您了。比起紅色或黑色，果然藍色才適合您。」

「哎呀，嘴巴真甜。我也覺得有種恢復為善通寺咲子的感覺了。」咲子夫人抵著嘴角露出高雅微笑，再度面對鵜飼說聲「這次有勞您了」，接著向旁邊的朱美微微低頭致意。「您似乎也辛苦了。」

「不，別這麼說。」沒有您那麼辛苦。朱美好不容易忍住沒說這句話。「所以咲子小姐，這是怎麼回事？本次接連發生的事件隱含什麼意義，請您告訴我們吧。」

「好的，我從頭說起。」善通寺咲子為了回答朱美，開始述說本次事件的經緯。「事情在大約兩個月前開始。當時我在奧床市的西服店，領取外子訂製的衣服……」

◆

有人在跟蹤。

這是善通寺咲子的直覺。她剛到西服店領取丈夫訂製的衣服，如今不經意在奧床市中心的商店街閒逛。她剛開始以為是多心，但似乎不是如此。如果是一般的婆婆媽媽，應該會怕得快步離開，但咲子沒這麼做。咲子曾經以刑警身分跟蹤許多人，也熟悉被跟蹤時如何應付。她利用商店櫥窗、便利商店貨架的縫隙或是在路邊發面紙的工讀生，努力確認對方身分之後得出結論，跟蹤她的完全是陌生人。素昧平生的男性為何跟蹤，她心裡當然沒有底。

原本猜測是警察，但對方只有一人，所以應該不是。何況前任刑警居然被警察跟蹤，這可不是開玩笑的。

以咲子的能耐，要甩掉對方並非難事。但咲子決定刻意製造機會，讓對方主動搭話。她想知道對方的真實身分與目的。她這時候的心態已經不是善通寺家的夫人「善通寺咲子」，而是恢復為昔日烏賊川警局的女刑警「和泉咲子」。

咲子進入小鋼珠店，刻意挑選沒什麼客人的一角，單獨坐著打起小鋼珠。乍看是高雅貴婦的咲子，在大白天打小鋼珠為樂的樣子，就旁人看來或許很奇妙，不過對她來說，這是她學生時代就熟悉的娛樂。久久玩一次會對這種刺耳的聲音不敢領教，但她功力沒退步，很快就即將中大獎。就在這個時候……

「方便請教一下嗎？」

那名男性說完，坐在咲子的身旁。

近距離一看，依然是不認識的人。咲子直接詢問。

「究竟有什麼事？你為什麼跟蹤我？」

她以刑警時代習得的強悍語氣提問。

接著，對方說出超乎預料的話語。

「其實是關於交換殺人的事……」

「什麼！」

咲子驚訝地注視對方。他看起來不像是開玩笑，看來是認真的。咲子繼續詢問。

「你明知我是誰，卻說出這種話？」

「當然。善通寺夫人，正因為是您，我才會找您商量。」

聽這名男性的語氣，他並不是對前刑警「和泉咲子」說話，始終是對善通寺夫人

「善通寺咲子」說話。但他究竟想對「善通寺咲子」商量什麼事？

對此感興趣的咲子，和男性一起離店。

兩人在咖啡館一角相對而坐。男性自稱「權藤英雄」。英雄對咲子如此開口。

「夫人，您知道您丈夫前妻——善通寺幸子三年前遇害的案件吧？」

「嗯，當然知道。」

咲子面不改色如此回答。那個案件是咲子以刑警身分參與的最後一個案件，至今別說逮捕凶手，甚至不確定凶手是誰，成為她內心很大的遺憾。除此之外，她當然也抱持著「想為丈夫前妻的離奇死亡做個了斷」的單純想法。無論如何，善通寺幸子的命案，肯定是咲子希望能立刻解決的案件。

接著，權藤英雄不發一語，將運動背包放在桌上，從裡面取出意外的東西。咲子一看到這個東西就不由得睜大雙眼。從包包拿出來的東西，是另一個包包。

「這不是凱莉包嗎？難道是……」

英雄微微點頭，將包包遞給咲子。

「是善通寺幸子的包包。」

咲子立刻檢視包包。顏色是淡粉紅色，裡頭還裝有善通寺幸子收納駕照或卡片等物品的錢包。咲子努力佯裝鎮靜，內心卻因為事情的嚴重性而顫抖。

這個包包，為什麼會在這種地方？

三年前幸子遇害時，警方拚命搜索也找不到的包包，如今卻忽然出現在面前。驚訝的咲子終於改為刑警時代的語氣詢問英雄。

「你在哪裡找到這個包包？」

「老哥房裡。老哥叫做權藤一雄，三年前失蹤至今下落不明。」

咲子對於「三年前」這個時間點感到不對勁。善通寺幸子也是在當時遇害。而且最重要的事實，在於死者幸子的包包，是在失蹤的權藤一雄房裡找到。換句話說，這就是一雄涉及幸子命案的證據……不對，進一步來說，可以推測一雄就是殺害幸子的凶手。

「是的，我也這麼認為。」

咲子說出想法之後，英雄很乾脆地點頭認同，但他接下來述說的方向出人意料。

「殺害善通寺幸子的人，恐怕就是我哥，至少可能性很高。我原本想直接把這件事，告訴您的丈夫春彥先生，因此我前幾天前往豬鹿村，試著叫住散步中的他。

然而，我正要對春彥先生搭話的時候，他採取很奇妙的行動。我們目光一相對，他就露出驚愕的表情，像是慌張逃走般離去。

我不認識春彥先生，剛開始完全不曉得他為何光是看見我就逃走。但我後來照鏡子想到一件事。我現在的長相，很像三年前失蹤的老哥。春彥先生不可能是看到首度遇見的我而逃走，所以他應該是把我誤認為哥哥一雄而逃走。換句話說，春彥認識我哥，而且是不太想打照面的關係。這是合理的推測。

不過，權藤家和善通寺家沒有往來，他們兩人怎麼認識的？

我百般思索之後，想到一個奇妙的巧合。剛好在善通寺幸子遇害的三年前冬天，我父親權藤源次郎也在暗處遭某人行刺，導致左肩中刀。如果這兩個案件不是單純的巧合，會是什麼情形？您明白我在說什麼嗎？」

咲子很清楚英雄的意思。善通寺春彥與權藤一雄之間，有某種不能見光的聯繫，而且春彥前妻三年前遇刺身亡。同一時間，一雄的父親也差點遭到刺殺。綜合以上線索，可以得出一個結論。

「原來如此，交換殺人嗎……三年前，權藤一雄與善通寺春彥協議交換殺人。首先，一雄依照春彥的委託，殺害善通寺幸子，這部分應該是順利成功。接著春彥依照一雄的委託，試圖殺害權藤源次郎，但是失敗了。源次郎只有肩膀受傷，沒有死。」

「我也這麼認為，但之後才是問題。老哥殺害幸子，春彥卻沒殺害老爸，老哥當然無法接受吧。所以老哥當時怎麼做？接下來是我的推測，老哥或許前去逼春彥再殺一次。這是交換殺人，他當然會如此要求，那麼春彥如何回應？這也是我的推測，但春彥或許沒再度襲擊老爸，而是殺害老哥。」

「原來如此。以春彥的角度，殺害源次郎或一雄同樣是殺人。不對，殺害一雄也能滅口，所以更加有利。春彥殺害一雄，將屍體藏在某處，之後佯裝完全不知情。當時警方將春彥列為幸子命案的嫌犯進行偵訊，卻認定春彥有完美的不在場證明。另一方面，關於忽然失蹤的一雄，由於找不到他的屍體，無法當成命案辦理，只能當成單純的失蹤結案。」

如果認定這是交換殺人計畫，乍看支離破碎的事證，就能以一條線全部串聯。春彥看到和一雄神似的英雄，難免會驚慌逃走。咲子昔日擔任刑警的直覺告訴她，這個推理非常可信。但這也同時意味著她心愛並結為連理的丈夫，其實是凶惡的殺人犯。咲子的心境很複雜。

「所以，你要我怎麼做？」

咲子率直詢問，英雄以嚴肅表情低頭。

「請助我一臂之力。我的目的是揭發善通寺春彥當年的所作所為。您聽到我這麼說，應該會覺得很奇怪，質疑我為什麼沒拿這個包包報警。我也好幾次有這個念頭。將這個包包交給警方，警方應該會重新調查三年前的案件，而且肯定會證明殺害善通寺幸子的真凶是權藤一雄。但警方或許只會做到這一步。

畢竟再怎麼說，春彥也是傳統名門──善通寺家的人。我不認為警方會由衷相信幸子命案源自春彥與老哥的交換殺人計畫，春彥還因為計畫內訌而殺害老哥。何況沒人找到老哥屍體，警方應該不會出動，最後只能證明老哥的犯行，我的告發反而弄巧成拙。對吧？」

「嗯，我很清楚你在擔心什麼。」

「到最後，最大的問題在於找不到老哥屍體。拿這個包包報警時，必須同時提供老哥屍體的下落，否則沒有意義。我無論如何都要找出老哥的屍體。我覺得應該在善通寺家寬敞建地的某處。我不曉得是埋在庭院或地板底下，還是藏在某個祕密房間，但肯定位於某處。」

「或許如你所說吧。所以你要我挖出埋在庭院裡的屍體，或是找出可能在地板底下的屍體？但這是強人所難。善通寺家很寬敞，藏屍體的地方要多少有多少，要是毫無線索沒頭沒腦地找，無法期待成果。」

接著，英雄以自信的表情這麼說。

「不是我們找，是讓別人找。」

◆

咲子夫人說到這裡總算理出脈絡時，鵜飼開口插話。

「換句話說，你們自己處理不來，所以讓職業偵探負責找？」

「不，不是那個意思。英雄擬定的作戰更加大膽。」

「作戰？」鵜飼歪過腦袋。「我不懂。總歸來說，您與英雄原本想怎麼做？」

「我們原本的做法，是讓現在悠哉生活的丈夫善通寺春彥，認為本應三年前殺害的權藤一雄還活著，使他因而陷入不安思緒，走投無路，最後不得不親自挖開一雄的墓確定屍體。只要某人在這時候逐一監視丈夫的行動，肯定能輕易發現一雄的屍體。這就是我與英雄訂立的計畫。」

「原來如此。」鵜飼無趣般點頭。「換句話說，你們要讓春彥自己找出一雄的屍體，偵探只負責監視。我們只是夫人這邊執行作戰的棋子。」

「是的。」咲子夫人斷然肯定。

「嗯，所以作戰執行日是一月二十日，這天是幸子的忌日，也是春彥利用一雄這個共犯殺害妻子的紀念日。嗯嗯，我越來越明白了。」

鵜飼逕自開始述說。

「首先，您造訪我的偵探事務所，謊稱丈夫出現外遇徵兆，這應該是要求我們監視春彥的藉口。您之所以沒說明真正目的，是因為擔心我害怕到拒絕委託？還是擔心計畫失敗以防萬一？總之，這不重要。無論如何，我接受您的委託，在指定的一月二十日，和朱美小姐一起造訪善通寺宅邸。

第一個異狀，發生在我們開車迷路，向路邊金髮青年問路的時候。當時，正在散步的春彥經過我們面前。春彥和金髮青年擦身而過時臉色大變、表情顫抖。當時莫名其妙的事件，如今已淺顯易懂。

換句話說，那名年輕人正是權藤一雄……不對，是假扮成一雄的英雄。應該是人在善通寺宅邸的您，通知正在權藤家別墅待命的英雄，所以英雄可以湊巧在春彥散步時出現。毫不知情的春彥大為驚訝。春彥之前也曾經看見英雄而逃走，所以這是第二次，而且這次明顯從服裝到髮色，都和三年前的一雄一模一樣，效果應該很好。春彥內心肯定隱約質疑一雄或許還活著。

接下來的震撼在晚上，就是餐後打來的電話。那通電話果然是英雄模仿一雄打來的，英雄肯定這麼說：『嗨，是春彥先生吧？是我，我是權藤。依照約定，我將你妻子殺掉了。這次輪到你了。』無法確認一雄與春彥在三年前，是否實際打電話這麼聯絡過，不對，沒打電話的可能性比較高，即使如此，這通電話也有絕佳效果。首先，聲音很像，英雄的聲音和本應死亡的一雄完全一樣。再來就是對話內容，這段話完全令人聯想到交換殺人。知道這個交換殺人協議的人，肯定只有當事人才對，所以春彥認為這通電話只可能是一雄打來的，畢竟春彥不曉得英雄已經得出交換殺人的真相。

春彥目擊本應親手殺害的人，卻接到電話聽到聲音，不難想像他陷入強烈的恐懼。一雄至今依然活在某處，從某處注視著他。不對，不只如此，如今依然逼他實現三年前的約定。春彥受到恐懼與不安的驅使，終於依照您與英雄的想法行動，也就是親手挖掘三年前埋藏的一雄屍體，想親眼確認一雄死亡無誤。夫人，這樣沒錯吧？」

鵜飼再度面向委託人。然而那裡沒有咲子夫人的身影，鵜飼的視線在半空中游移片刻。「咦，夫人去哪裡？」

「剛才離開客廳囉。」遠山真里子以下巴朝門示意。「大概是你講太久，所以覺得無聊吧？」

「無、無聊？偵探難得出面解謎，夫人卻離席，這樣還算是委託人嗎？要把解謎過程聽完，這是委託人最底限的禮儀吧！」

「對我說也沒用啊？」

「好了好了，冷靜下來。」朱美安撫著依然激動的偵探。「不提這個，我可以問一個問題嗎？」

「請問。」偵探不甘願地點頭。「儘管問。」

「春彥瞬間展露驚愕表情的次數，我記得是三次。第一次是散步途中，和金髮青年擦身而過的時候；第二次是吃完晚餐，接到電話的時候。你剛才已經說明這兩個部分的真相。不過還有一次，就是傍晚四點左右，咲子夫人要出門時，春彥也露出驚訝的表情，那究竟是怎麼回事？」

「啊，妳說那次？那是……」鵜飼微微聳肩搖頭。「這部分我不清楚。大概和案件無關吧？」

此時，室內立刻響遍一個否定偵探發言的聲音。

「不，偵探先生，這就錯了。」

四

咲子夫人在眾人注目之下，再度以不同服裝現身。

「哎呀，夫人。」鵜飼從頭到腳仔細打量委託人。「這套衣服，是您昨天傍晚出門時穿的衣服吧？」

咲子夫人身穿筆挺的灰色套裝。外衣是強調肩膀寬度的簡樸設計，白色上衣衣領設計得很時尚，裙子長度及膝，鞋跟不會過高或過低，頭髮美麗綰起，手上提著淡粉紅色的凱莉包。

善通寺咲子以新裝扮現身之後，兩名刑警備感驚訝。

「唔，喂喂喂！」砂川警部瞪大雙眼，以手肘輕頂旁邊的年輕刑警。「快看她的打扮！你看到有沒有回想起什麼？」

志木刑警驚訝得像是在寒冬撞鬼。

「還、還能回想起什麼……從服裝到髮型，都和三年前遇害的善通寺幸子一模一樣吧？」

「嗯，長相不一樣是無可奈何，但連身高、體型都很像。」

「簡直是遇害的幸子復活。」

咲子夫人露出微笑，像是樂於看到兩名刑警的反應。鵜飼看著這一幕，像是總算理解般開口。

「原來如此。所以您昨天傍晚，刻意打扮得像是三年前的幸子，讓春彥看見這樣的您，春彥因而更加害怕。」

「是的，一點都沒錯。」

「夫人三年前以刑警身分，參與命案的調查。當時您看過幸子的屍體，所以能輕易模仿幸子的打扮。但站在春彥的角度，這是一幅驚訝的光景。不可能認識幸子的妻子，卻忽然穿著幸子遇害時的衣服登場，內心肯定大受震撼，被迫回想起三年前的事情。難怪春彥會在那種平凡無奇的場面露出驚訝神色。」

「是的，重點是讓他擔心並且誤解。為此我也演了一場戲。」
打扮成幸子的咲子夫人，走到愣著不動的砂川警部面前，以雙手鄭重遞出手提的凱莉包。
「這就是三年前，怎麼找都找不到的遇害者包包，交給您當成證物。」
「唔、嗯。」砂川警部接過凱莉包，立刻檢視內容物點頭。「看來沒錯。」
咲子夫人滿意地點頭回應警部這番話，再度面向鵜飼。
「話說回來，偵探先生。」
「是，夫人，什麼事？」
「昨天傍晚，我離開宅邸是基於兩個理由。第一個理由是讓丈夫看見這身灰色套裝的打扮，您明白另一個理由嗎？」
「嗯，這也是我剛才就有點疑惑的部分。只讓春彥感到恐懼，之後就交給偵探處理，自己則是離開宅邸……為什麼要這麼做？難道說，最大的原因在於雙人床？」
「哎呀，不愧是偵探先生，正確答案。」咲子夫人佩服地點頭。
「果然如此。即使春彥很想挖開一雄的墓，要是和夫人同床就寢，就很難下床外出行動。所以夫人刻意交給我負責監視，自己則離開宅邸，藉以催促春彥自由行動。實際上，春彥正如夫人的預料，在深夜外出挖墓。」
「是的，直到這裡確實符合我的預料。」咲子忽然露出想不透的表情詢問鵜飼。「不過，其實我不懂接下來的狀況。外子質疑一雄可能活著，因此在深夜挖開一雄的墓，到這裡我都懂。但一雄化為白骨的屍體，肯定在他挖開的洞裡才對。確認屍體之後，他應該會暫時心安回床就寢，我不認為會發生進一步的事，外子卻不知為何單手拿著鏟子，前去殺害源次郎。究竟為什麼會這樣？」

「啊啊，夫人！」鵜飼如同悲劇演員，大幅張開雙手。「這正是本次事件的悲劇部分！」

「什麼意思？」

「三年前，春彥將一雄埋在葫蘆池畔，還擺放尿尿小童當記號，以免忘記地點。所以春彥昨晚毫不猶豫，挖開尿尿小童下方的地面。但他沒挖到屍體。因為……」

「啊啊啊！」放聲驚呼的，當然是遠山真里子。「原、原來是這樣……」

「沒錯。遠山真里子小姐曾經開車撞到那個尿尿小童，導致尿尿小童從原本位置偏移約一公尺。」

「咲、咲子小姐，對不起！」遠山真里子雙手合十低頭道歉。

「真里子小姐，沒關係。妳和本次案件毫無關聯。」咲子夫人深深嘆口氣，轉身面向偵探。「所以說，外子挖的位置，和原來位置差了一公尺，因此沒挖到屍體。」

「是的。春彥的驚慌與恐懼，應該是在此時達到最高潮。挖不到屍體，就代表一雄活著，這麼一來，那通電話就是真的。而且一雄在電話裡，要求春彥履行三年前的約定。如此認定的春彥受到恐懼心驅使，陷入極度混亂，終於展開超脫常軌的行動。他依照電話裡的催促，試著完成三年前交換殺人的約定。

這意味著他想向一雄贖罪？還是他的時間觀念錯亂，回溯到三年的自己？如今不得而知。坦白說，這是欠缺冷靜的異常行為。不過仔細想想，春彥這三年肯定擔心昔日罪行曝光，過著提心吊膽的生活，原本就可能因為一點契機，導致精神出問題。

他就這麼拿著鏟子回到宅邸一趟，打開書房書桌的抽屜。裡面有個存放鑰匙的小盒子。以下是我的推測，盒裡或許收藏一把權藤家別墅的鑰匙，而且當然是三年前，一雄被他殺害之後的遺物。無從得知春彥基於何種心態，將一雄的東西留在身旁，大概是認為留著有錢人別墅的鑰匙有益無害。實際上，這把鑰匙也在本次派上用場。

他拿著鑰匙與鏟子離開庭院、鑽過圍籬，從積雪斜坡滑下去，沿著森林小徑抵達權藤家別墅，以鑰匙開門，光明正大進入屋內。然後他在臥室殺害源次郎，完成三年前交換殺人的約定。我想這就是昨晚源次郎命案的真相。」

室內鴉雀無聲。在眾人語塞的狀況，只有朱美出聲提問。

「不過，總覺得怪怪的。」

「哪裡怪？」

「春彥是臨時起意犯行吧？他肯定不曉得權藤家別墅裡的目標人物正獨自熟睡，他居然能在那種不明確的狀況前去下手。」

「沒什麼，春彥沒想那麼多，只是不顧一切採取行動，並且發現源次郎湊巧獨自在權藤家的別墅睡覺，簡直冥冥之中自有安排。夫人，您說對吧……唔哇！」鵜飼一轉身，就睜大雙眼發出近乎慘叫的聲音。「又去換衣服啊！」

五

站在眾人面前的，是身穿鮮紅色華麗禮服的女星——水樹彩子。

「又換衣服有什麼錯嗎？」水樹彩子直指偵探胸口。「哎，無妨吧？別計較這種事，何況我也必須這麼做。既然我至今依照案件經過，依序打扮成和泉咲子、善通寺咲子，以及神似善通寺幸子的咲子，最後就應該以水樹彩子做總結。話說回來，鵜飼偵探，水樹彩子這個藝名，是從本名和泉咲子改組而成，這一點無須我說明吧？」

「咦？啊啊，『Mizuki Saiko（水樹彩子）』和『Izumi Sakiko（和泉咲子）』對吧？是的，我當然察覺了，哈哈哈。」鵜飼像是打圓場般說完，以只有身旁朱美聽得到的音量低語。「受不了，這位委託人真傷腦筋。」

「她是劇場型委託人。」朱美說。

「但我覺得刻意換衣服也沒意義。」砂川警部說。

「應該是她本人的堅持吧？」志木刑警說。

「改組？什麼東西改組？咦，從拼音改組？我哪知道這種事啦！」遠山真里子似乎相當混亂。

最後，五人一副不敢領教般後退，由至今完全沒機會發言的戶村流平代為向前。

「終於輪到我們上場了。我一直擔心會不會連一句話都沒得說。」

十乘寺櫻從流平身後害羞地探出頭。「彩子小姐，終於見到妳了。」

彩子輕輕舉起右手。「喲，櫻，讓妳久等了！」

喂喂喂，聽起來簡直是渥美清的《男人真辛苦》。流平暗自想著這種一點都不重要的事，指著她的禮服。

「這件禮服，是彩子小姐昨天到奧床高原站接我們時穿的衣服。也就是說，彩子小姐穿著灰色套裝離開善通寺家之後，在某處換上這件禮服吧？」

「對，我在車上換的。放下綰好的頭髮，還換了鞋子，脫掉的衣服放在後車廂。但當時的行程稍微緊湊過頭。我是在四點整離開宅邸，從宅邸正常開車到車站約十五分鐘，你們的電車是四點十五分到站，這麼一來，我沒時間中途換衣服。所以我以當年擔任刑警學習的開車技術，加上身為女星學習到的化妝術，好不容易準時趕到。」

「當時您確實只遲到幾分鐘就趕到，我還以為您是普通的飆車狂。」

此時，志木刑警走到流平身旁，面有難色補充。「她不是普通的飆車狂，是亂七八糟的飆車狂。」看來志木曾經因為她的飆車行徑吃過苦頭。

流平針對本次事件的經緯，向彩子提問。

「追根究柢，本次事件的源頭，是彩子小姐不知為何要求櫻小姐幫忙買八毫米攝影機。那是怎麼回事？」

「要說明這一點，得先從我以善通寺咲子的身分，造訪鵜飼偵探事務所的那時候說起。我當時聽到一個不能忽視的意外傳聞，也就是我可愛的妹妹櫻，心儀一個名為戶村流平的青年。」

「彩、彩子小姐，討厭啦，人家哪有心儀……」

櫻扭動身體，連耳根都變得通紅。彩子像是以這樣的櫻為樂，以眼角餘光看她。

「我當然也對這位戶村流平感興趣，想實際看看是什麼樣的人。經過一番波折，我偶然得知流平是烏賊川市立大學電影系肄業。」

「您為什麼知道這種事？啊，我知道了，是鵜飼先生說的吧？」

「說這什麼話，我口風很緊。」鵜飼以充滿自信的語氣斷言。「我只是把流平的履歷表傳真給她。」

「請不要擅自寄別人的履歷表！」

「這樣不好？」

「……」真是的，流平連生氣的意願都沒有，只好回頭詢問彩子。「所以，彩子小姐知道我的經歷之後做了什麼？」

「我久違的打電話給櫻，請她幫忙買八毫米攝影機，說明是哪個機種、要到哪間店買。不熟悉機械的櫻當然會擔心，所以我建議她找個熟悉攝影器材的朋友陪同，就這樣，櫻終於提到流平。」

「也是啦，她應該沒什麼熟悉攝影器材的朋友。」

「再來就懂了吧？我努力慫恿害羞內向的櫻打電話給你。只要櫻要求陪同買八毫米攝影機，流平應該也不會拒絕。不對，反倒會說『請交給我負責』，畢竟你是烏賊川市立大學電影系肄業。」

「換句話說，八毫米攝影機是吸引我的誘餌，難怪我一直覺得不對勁。那麼，那間店裡的『中谷ＳＶ８』，難道是彩子小姐的東西？」

「沒錯，我拜託『井上攝影商會』的老闆擺在櫥窗代售。追根究柢，那是我學生時代愛用的機種。即使『井上攝影商會』是老攝影行，終究也不會在這種時代販售八毫米攝影機。對了，櫻，有見到攝影行老闆嗎？」

「那位戴眼鏡的老爺爺吧？是的，我有見到。」

「他有沒有要求為妳拍照？」

「有。妳怎麼知道？」

「那位老爺爺，每次看到美女光顧，都會要求對方擔任攝影模特兒，並且指著牆上的照片說『看，就像那樣』。店裡牆上掛著美女照片展示吧？」

「是的，確實掛著照片，是非常美麗的女性。」

「那是三年前的我。」

震撼的事實。

「咦，原來是這樣！」櫻放聲驚呼。「我完全沒發現。照片給人的感覺，和現在的妳完全不一樣。」

「因為我當時把頭髮剪得很像男人，而且執勤時幾乎沒上妝。」

「啊啊，是那時候的事！」志木刑警說完輕敲手心。砂川警部見狀逼問「那時候是哪時候？」，志木刑警隨即露出尷尬笑容不發一語。看來是兩人之間的祕密回憶。

流平回到正題。

「簡單來說，我和櫻小姐買下八毫米攝影機造訪彩子小姐家，全都依照彩子小姐的劇本在走？」

「幾乎一樣，只有一件事估算錯誤。」

「哪件事？」

「就是日期。我約流平與櫻在一月二十日見面，這天是鵜飼偵探與朱美小姐來宅邸的日子，也是可能會揭發三年前案件真相的日子。」

「所以是很重要的日子。」

「沒錯。不過換個想法，這也是最如意的日子。如同鵜飼偵探剛才所說，我待在宅邸，春彥就無法自由行動，所以我無論如何，當天都必須離開宅邸，這樣剛好可以和你們共度一晚。後來我決定一月二十日晚上，和你們一起在向日葵莊度過，宅邸的事情則是全部交給偵探。」

此時，櫻忽然開口提問。

「這麼說來，那間向日葵莊是怎樣的房子？彩子小姐說，那裡是妳的第二個家，但應該不是這樣吧？既然彩子小姐住在善通寺家，第二個家就在附近也不太對……」

「嗯，向日葵莊不是水樹彩子的第二個家，是善通寺宅邸的別館。」

「別館？」

「對，只是偶爾提供訪客住宿的地方。聽說原本是春彥的父親——善通寺善彥大師的畫室。向日葵莊這個名稱，是善彥大師當時以梵谷為印象取的。」

「原來如此。」櫻大幅點頭。「我明白彩子小姐為何邀請我們住進向日葵莊了，可是為什麼會演變成這種狀況？」

「最大的失算是權藤源次郎。一開始沒預定他會出現，但是我們抵達沒多久，就聽到權藤家的別墅傳來男性相互怒罵的聲音。我立刻知道是英雄與源次郎撞個正著。我當時要求流平排解兩人的紛爭，因為他們父子的交情確實很差，沒阻止的話真的有危險。此外，我也想和英雄商量，如何應付出乎意料現身的源次郎。我將英雄帶到向日葵莊，討論今後的計畫，英雄表示會離開這裡返回市區，和朋友一起度過一晚。」

「換句話說，彩子小姐與英雄先生，彼此裝作是初次見面的樣子。」

「沒錯。這麼說來，櫻當時邀請英雄留下來住一晚吧？其實我內心嚇出冷汗。即使我是女星，要我整晚作戲也很辛苦。對了，說到嚇出冷汗，還發生過那件事。」

「哪件事？」

「溫泉的事。當時我們三人去了清水旅館吧？」

「這麼說來，我邀請彩子小姐一起泡溫泉的時候，您似乎興趣缺缺。為什麼？」

「因為考量到萬一。櫻，妳想想，清水旅館就在善通寺家旁邊，我們去露天溫泉時，春彥剛好也去露天溫泉的機率並不是零。尤其昨晚下雪，春彥很可能做出『賞雪泡湯轉換心情』的高雅舉動。假設我在清水旅館的門廳撞見春彥，我就無從解釋吧？我與英雄的計畫，將在這一瞬間化為烏有，所以我才興趣缺缺。」

「彩子小姐，妳想太多了吧？這種事幾乎不會發生。」
「我原本也是這麼認為，實際上卻發生了。我也嚇了一跳。」
「咦！」驚聲大叫的是流平。「所以，善通寺春彥當時在清水旅館？」
「嗯，沒錯。我們三人離開溫泉，抵達門廳的瞬間，春彥正在鞋櫃處穿鞋，我慌張到立刻衝進洗手間。雖然他後來沒發現，但真的是千鈞一髮。對了，從時間推算，流平應該是和春彥一起泡溫泉。你當時有看到一個身材偏瘦的中年男性嗎？」
「啊，有！有一名年約四十歲的偏瘦男性。他就是善通寺春彥吧？」
這是意外的事實。不過那名中年男性清楚說過，他是住在這附近的人。善通寺家確實距離清水旅館不遠。既然那名中年男性是春彥，就可以理解他為何斷言源次郎是『黑心改建業者』。春彥很可能在三年前聽一雄提過，源次郎經營的是黑心事業。
「既然這樣，就代表我不知不覺見過善通寺春彥。嗯？也就是說……啊！我知道了，原來如此！」
「流平，怎麼了？」鵜飼也受驚般詢問。
「兩人待過同一個地方！」
「兩人？」
「就是凶手與遇害者。善通寺春彥泡露天溫泉的時候，權藤源次郎剛好也在。當時源次郎對我說了很多事，這段對話肯定都聽在春彥耳裡。既然這樣，春彥肯定知道源次郎今晚將獨自住在別墅，我們當時聊過這個話題。」

源次郎聊到的不只這個話題，還有隱含更重要內容的話題。
「這麼說來，源次郎當時在我面前，斷言一雄還活著，因為源次郎在自家附近目擊過英雄。彩子小姐，他見到的果然是打扮成一雄的英雄吧？」
「沒錯。英雄為了確認自己的裝扮多像一雄，曾經假扮成一雄，到源次郎的住處附近出沒。英雄得知有人謠傳一雄回來之後，對本次的計畫更加自信。」
「不過，不知道實情的春彥，把源次郎的說法當真。他在這時候，也在心中植入『一雄還活著』的印象。」
春彥當時即使泡在溫泉，也肯定感覺背脊發寒。事實上，他聽到這段對話之後，是以蹣跚腳步離開露天溫泉。
「不過，等一下。」鵜飼出言打岔。「流平，你是幾點和春彥一起泡溫泉？」
「晚間七點左右。」
「晚間七點左右？這就怪了。如果是這個時段，春彥肯定正在搭我開的車外出。他去了距離宅邸五分鐘車程的水沼先生家。」
「對，那裡就是清水旅館。」水樹彩子很乾脆地回應。「水沼先生是那間旅館的老闆。只是因為溫泉旅館取名為水沼旅館不太顯眼，所以取名為清水旅館。」
「不過，那裡看起來是普通民宅啊？」
「清水旅館位於他家的另一邊。春彥和水沼先生是將棋棋友，所以有時候是從他家大門入內打招呼。鵜飼偵探有看到那一幕吧？」

「不過，車程五分鐘還挺遠的，清水旅館是從這裡走路能到的距離吧？」

「不，從宅邸大門走小徑，走十分鐘就能到清水旅館，像你這樣從斜坡滑下去抄捷徑，走路五分鐘就到，但開車過去得繞一大圈，同樣要五分鐘左右。昨天下大雪，所以才會搭車過去吧，以免出浴著涼。」

「原來如此，是這麼回事啊。」鵜飼像是聽懂般輕拍雙手。「那麼，將春彥昨晚的際遇整理起來就是這樣。首先在白天，他在散步時，遇見自己當年殺害的一雄亡魂（實際上是英雄）；傍晚，他在玄關目送咲子夫人出門，當時夫人打扮得和當年遇害的幸子一模一樣；晚上，他和當年沒殺害成功的源次郎泡相同的溫泉，聽到一雄還活著的傳聞；晚餐過後，他接到一雄（實際上是英雄）的電話，受到不安情緒的驅使，在深夜挖開一雄的墓，卻找不到本應埋在土裡的屍體，導致他終於採取異常行動。」

「發生這麼多不同的事情，難免會陷入恐慌。」流平講得像是在同情凶手。「話說回來，彩子小姐看到源次郎遇害時，就立刻明白這是春彥的犯行？」

「不，我一開始也摸不著頭緒。不過，英雄在電話裡對你說『凶手是權藤一雄』對吧？我聽到這句話就立刻明白了。肯定是春彥如今才執行三年前一雄要他殺害源次郎的命令。當時我原本打算不動聲色回到善通寺宅邸，直接向春彥確認事實。如果是他下的手，我的職責就是勸他自首。幸好警方受到大雪影響而遲到，時間還算從容。但問題在於櫻與流平在我身旁。我那時候很想向兩人說實話，但我覺得兩人和本次事件沒有直接關係，所以還是打消念頭。」

「所以您等我與櫻小姐睡著，才溜出向日葵莊。我還以為您逃走了。」

「你這麼認為也在所難免，我當時也很拚命。我穿越森林坡道，沿著小徑前進，在途中發現那具埋在雪裡的屍體。我目睹出乎意料的這一幕而佇立時，流平與櫻追了過來，然後鵜飼偵探與朱美小姐滑下來，砂川警部、志木刑警與真里子也從另一邊過來。」

「終於來到最後的場面了。」遠山真里子像是好不容易走到這一步般詢問。「總歸來說，究竟是誰殺害春彥伯父？」

水樹彩子以沉痛表情低語。

「或許是我殺的。都是因為我做了無謂的事……」

「不，錯了。」至今保持沉默的砂川警部終於開口。「是幸子殺害春彥。」

志木刑警驚訝地看向砂川警部。

「警部，不可能。幸子在三年前就死了。」

「笨蛋，哪有人直接照字面解釋？」砂川警部怒斥部下之後繼續推理。「刺殺善通寺春彥的人，恐怕是權藤源次郎。源次郎大概是在即將被鐽子打死之前，不顧一切朝對方側腹攻擊，使用的武器是放在枕邊以防萬一的護身刀子。刀子深深刺入春彥側腹，但因為刀柄發揮阻塞功效，幾乎沒有造成出血。春彥即使身受重傷，依然單手拿著鐽子離開權藤的別墅，他恐怕是在意識模糊的狀態，下意識走回善通寺宅邸，但他還沒返家，就在途中的小徑精疲力盡斷氣。基於這層意義，殺害春彥的是源次郎。」

「可是……」水樹彩子繼續出言自責。「要是我沒參與英雄的計畫，一開始就全交給警方處理，事情肯定不會這麼複雜，春彥與源次郎也不會相互廝殺……」

「總之，先聽我說完。」

砂川警部再度轉身面向眾人，述說最後的推理。

「這個案件有個神奇的巧合。在庭院挖出來的那具白骨——一雄的屍體，頭蓋骨前方有著明顯的龜裂，如今已無從查證是在何種狀況造成的，但我推測應該是鐽子重擊造成。因為相同凶手傾向於使用相同凶器，以春彥來說就是鐽子。換句話說，一雄三年前是被鐽子打死。三年後的昨晚，源次郎同樣被鐽子打死。

另一方面，善通寺幸子呢？幸子在三年前的下雪夜晚，被刀子刺入側腹，像是夢遊般在街上徘徊之後，終於倒在積雪的路上斷氣。三年後的昨晚，春彥同樣被刀子刺入側腹，意識恍惚地在森林徘徊之後，同樣倒在積雪的路上喪生。

換句話說，這一連串的命案，乍看之下是一雄刺殺幸子、春彥打死一雄、春彥打死源次郎、源次郎又刺殺春彥，實際卻並非如此。本次案件堪稱是交惡的父子與交惡的夫妻，以相同方式殺害憎恨的對象。基於這層意義，可以解釋為春彥殺害幸子，幸子又殺害春彥。水樹彩子小姐，妳不這麼認為嗎？」

水樹彩子不發一語，緩緩低頭表達謝意。

終章

一

破案之後經過一段歲月，冬季某個和煦的晴天，在鵜飼偵探事務所，鵜飼與朱美再度和本次事件的委託人見面。委託人身穿首度造訪偵探事務所時的淡藍色套裝，也就是說，她今天是以善通寺咲子的身分來到這裡。朱美立刻為她泡一杯日本茶。

三人隔著小桌子相對而坐。愉快閒聊一陣子之後，鵜飼提出一個問題。

「對了，這麼說來，雖然如今只是小事，但我想請教夫人一個問題，就是手機。案發那天晚上，我打電話到夫人手機三次，但全部打不通。為什麼會那樣？」

「啊，這樣啊。那麼，原因是電影。」

「電影？」

「是的。那天晚上，我和流平與櫻，一起欣賞我學生時代製作的電影。記得是凌晨一點開始播映，我當時將手機關機。看電影時關手機，是我深植長年至今的習慣。其實我只有那天晚上不應該關機才對，因為不曉得偵探先生何時會緊急打電話聯絡。不過我當時有點醉，不小心按照平常的習慣關機。」

「那麼，電影結束之後，您也沒開機？」

「是的。我直到天亮離開別墅才再度開機。」

「原來如此，是這麼一回事啊。」鵜飼大幅點頭，釐清心中的疑惑。

「那麼，反過來說……」這次是朱美詢問。「咲子小姐沒想過打手機聯絡鵜飼先生嗎？例如發現源次郎屍體的時候，您應該想聯絡鵜飼先生，確認春彥的狀況吧？」

「是的，朱美小姐，那當然。當時我也想立刻聯絡，因而從錢包取出鵜飼先生的名片。不過名片上只有事務所的電話與傳真號碼，沒印手機號碼。我太冒失了，一直認定名片會印手機號碼。」

「是這樣嗎？」

鵜飼聽到朱美詢問，從自己的名片夾抽出一張名片遞給她。

「我的名片確實沒印手機號碼。」鵜飼再度面向委託人。「換句話說，夫人不曉得我的手機號碼，想聯絡也無法聯絡；我知道夫人的手機號碼，但夫人關機。後來，直到在那道斜坡下方直接碰面，我都沒發現您這位委託人就在附近。」

「是的。因為我的冒失，導致兩位更加混亂，真的很抱歉。」她說完低頭致意，接著緩緩從包包取出支票簿。「要說補償也不太對，但報酬這部分我會盡力。」

她撕下一張寫著許多「0」的支票，隨著感謝的話語遞給偵探做為報酬。偵探正要一把抓過來般收下支票時，似乎是忽然回想起「高傲男子漢」的本質，忽然收手。

「慢著，夫人，這樣太多了。」

「哎呀，為什麼？」

偵探默默起身站到窗邊，像是朗讀寫在窗戶玻璃的臺詞，述說謙虛的話語。

「其實我一直在反省，我在本次案件不算是大顯身手。夫人吩咐我必須隨時盯著春彥，如果我忠實執行夫人的委託，或許能在春彥即將殺害權藤源次郎的時候阻止。但是春彥的異常行徑刺激我的好奇心，不由得專注挖洞，導致春彥可以自由行動，造成那種下場……這都是我的無能所致。」

「天啊，真是嚴以律己！不愧是名偵探。」

咲子夫人在偵探身後投以無上的讚美。鵜飼的肩膀像是很開心般微微一顫，朱美則是抱著不敢領教的心態注視。真是的，明明生性貪心，卻只有在這種時候愛耍帥，愛面子的窮偵探就是這樣才令人頭痛。

「那麼，咲子小姐。」朱美扔下窗邊逕自醞釀感傷氣氛的偵探，只由她自己面向委託人。「既然他那麼說，這張支票就由我收下吧。」

「說得也是，交給妳吧。」

朱美從咲子夫人手中接過支票。上面寫的金額足以支付事務所數個月的房租。在朱美心想真幸運的瞬間，鵜飼從旁邊伸手，以兩根手指夾住支票。

「哎呀，你這手指是怎麼回事？支票破掉，我可不負責啊。」

「妳要把我這次的奮戰當成『做白工』？」

「放心，我好歹會付你時薪。」

「我是工讀生嗎？」

「這正是你的『無能所致』吧？有意見等你繳清欠下的所有房租再說。哎呀？」朱美暫時不和鵜飼上演支票爭奪戰，看向事務所玄關。「咲子小姐，您要走了？」

咲子在玄關大門前面披上米色大衣。

「是的，我接下來還要去個地方。」
「夫人，不好意思，沒能好好招待您。」鵜飼愧疚般搔了搔腦袋。
「咲子小姐，隨時歡迎您來訪。」
「好的。」咲子夫人開心回應之後，露出有點複雜的表情。「不過，這應該是最後一次以善通寺咲子的身分出現在兩位面前。因為我將恢復為和泉咲子。」
「這樣啊……」兩人轉頭相視。她深深低下頭，以善通寺咲子的身分，說出最後一句問候。
「那麼，兩位保重。」

二

在烏賊川警局一角的會客室，砂川警部與志木刑警再度和前同事見面。她身穿素色黑褲裝，彷彿回到以刑警身分活躍的時代。也就是說，她今天是以和泉咲子的身分來到這裡。她告知剛才在鵜飼偵探事務所辦完事，說明自己今後不再是善通寺咲子。
「嗯，這麼一來，再也沒人姓善通寺了。」
砂川警部感觸良多地嘆了口氣。和泉咲子反而露出灑脫的表情。
「不只是姓氏，那座古老宅邸也決定拆除。遠山真里子小姐找到工作之後，應該會租房子獨居，善通寺家於名於實都將消失。」

「總之，那座宅邸發生本次的案件，拆除也在所難免。」砂川警部雙手抱胸頻頻點頭。「不曉得是幸或不幸，本次案件即使四人死亡，依然無人罪該落網。站在警方的角度，會覺得案件無法完全收尾而有所不滿。不過，善通寺家自此消失，似乎是最適合本次案件的落幕方式。即使耗費整整三年才落幕也一樣。」

「既然案件全部終結，我就此告辭。」

和泉咲子迅速起身，志木刑警拚命要留下她。

「前輩，請留步，再坐一下也沒關係吧？」

「這可不行，我要去一個地方。」

「那我送您去。」

「別勉強，現在這個時期很忙碌吧？」和泉咲子輕拍後輩肩膀，向昔日長官鄭重低頭致意道別。「各方面受您照顧了，願您今後更加活躍。」

和泉咲子獨自離開會客室。她沿著烏賊川警局走廊前往大門時，志木刑警從後方追來。

「我送您到停車場。」

這是藉口，志木真正的目的是詢問某件事。他在走出警局大門時開口。

「其實，在偵訊本次案件的相關人士時，我聽到關於善通寺咲子的奇妙傳聞。不過似乎和案件沒有直接關聯，而且也不方便在當事人面前提及。」

「喔，我還有疑點？」

「是的，老實說……」志木緩緩前進，以只有她聽得見的音量述說。「遠山真里子主張善通寺咲子——也就是前輩和一名年輕男性外遇。這只是誤會吧？」

「喔，真里子講這種話啊。哼哼，原來如此，我明白了。真里子說的年輕男性，應該是權藤英雄。」

「果然如此。那麼前輩與英雄……」

「哎，等等，別急著下結論。總歸來說，這是你的錯。」

「為什麼是我的錯？」

「我之前也說明過，我第一次遇見英雄是在小鋼珠店，後來前往咖啡館。到這裡都和我上次說明的一樣。不過他要詳述時，因為是這種內容，我認為不應該在咖啡館討論，畢竟隔牆有耳。所以我就要求英雄，找個可以只有兩人共處的地方談事情。」

「可以只有兩人共處的地方？唔……難道說，不會吧？」

「對，就是賓館。」

「你們進去了？」

「嗯，進去了。肯定是遠山真里子目擊這一幕吧。這麼說來，當時英雄拿著那個證物凱莉包，在不知情的真里子眼裡，英雄或許是幫我提包包的小白臉。咦，志木，你怎麼一副快哭出來的樣子？」

「前輩和英雄……進賓館……」

「不行嗎？到頭來，首先提議利用賓館討論事情的人，就是三年前的你吧？我只是採用你的意見。何況英雄也不像『某處的某人』一樣畏畏縮縮。」

「您說的『某處的某人』是誰啊！」某處的某人如是說。「慢著，這不重要。所以你們兩人在賓館做了什麼？」

「就說了，是在討論交換殺人的事。」

「只有這樣？真的？但你們是孤男寡女吧？只有這樣？不，肯定不只這樣！」

「唔～聽你這麼問，就覺得好像做過別的事。」

「前輩～！」志木發出慘叫。「說謊也好，請您否定吧！」

「總之，怎樣都無妨吧？和你沒什麼關係。」

「前輩和我確實沒發生關係，可是……」

「不准講得令人遐想！喂，不提這個，志木。」和泉咲子表情忽然變得嚴肅，以刑警時代的犀利語氣對他下令。「面不改色走過去吧。」

兩人正要抵達停車場。停在裡面的ＢＭＷ，是和泉咲子的愛車。車子旁邊站著一名黑外套男子，若無其事抽著菸。這是似曾相識的光景，上次是賓士。

「我明白。」志木也繼續面向前方。「在前面屋子轉角處觀察吧。」

兩人向四周散發「什麼都沒看到」的氣息經過停車場，躲在建築物轉角處，立刻注意停車場的動靜。外套男子扔掉剛點燃的菸，迅速取出藏在外套裡的小鐵撬。他朝著ＢＭＷ副駕駛座車窗高舉鐵撬的瞬間，一名刑警與一名前任刑警迅速衝出去。

勝負瞬間分曉。忽然出現的兩人，使得男子大為驚慌，揮下的鐵撬軟弱無力地被車窗玻璃彈開。志木搶過男子的鐵撬，和泉咲子以體操選手般的身手，施展華麗的掃腿命中對方右腳踝。精準的這一腳令外套男子慘叫跌倒。

「不愧是前輩，寶刀未老。要不要再回來擔任刑警？」志木說著揪起倒地男性的衣領。「這傢伙……咦？」

這張臉似曾相識。雖然覺得不可能這麼巧，但肯定沒錯。

「前輩，這傢伙就是當時那個人！是三年前的下雪夜晚，打傷前輩右腳逃逸的那個偷車賊。咦，前輩……前輩？」

志木環視四周，沒看到和泉咲子的身影。不經意看向車內，她已經坐在駕駛座發動引擎。她打開駕駛座車窗，緩緩倒車並且對志木開口。

「抱歉，有人在等我，那個男的交給你了。那個傢伙這三年肯定前科累累，好好查清楚啊。總之這麼一來，三年前的帳全部勾銷，我也可以毫無顧慮外出旅行了。」

「咦，旅行？前輩，您要去哪裡？」

和泉咲子沒回答，讓引擎大幅空轉一次，接著從車窗微微揮手說聲「走啦！」。這種離別方式很符合她的個性。和泉咲子的ＢＭＷ隨著後輪響起的摩擦聲高速離去，如同要消除剛才那句道別的餘韻。

三

在烏賊川車站三號月臺，流平與櫻再度見到那位女星。女星照例穿著紅色禮服，加披一件毛領大衣，提著大大的行李箱登場，完全是水樹彩子的風格。

她在鵜飼偵探事務所辦完事，在烏賊川警局和昔日長官與後輩道別，如今得意洋洋地炫耀剛才獨力制伏偷車賊的事蹟。

「不過我好驚訝。您忽然說要旅行一陣子，叫我們來車站月臺目送。」

「要是更早通知，就可以準備更正式的餞別會了。」

「抱歉，櫻，我不擅長應付那種局面。」

「我明白。」櫻露出擔心的神色。「所以究竟要去哪裡？」

「放心，雖說要旅行一陣子，但不是出國，就在附近。」

水樹彩子沒有講出具體的地點，繼續為兩人說明。

「有一位老是執導B級電影的巨匠，曾經和我合作過。這位導演知道我獨自回來之後，立刻打電話給我，他說有一個角色很適合我，問我要不要久違挑戰一次。不過照例是充滿B級片風格的恐怖喜劇就是了。」

「天啊，真的嗎？既然這樣，女星水樹彩子即將久違復出吧？」

櫻與有榮焉般開心說著。

「就是這麼回事。但我的最終目標，始終是成為電影導演水樹彩子。女星水樹彩子的復出只是序章。總之，敬請期待吧。」

流平聽完她的野心，重新回想起一件想確認的事。

「這麼說來，我們在案發當晚，看了彩子小姐的電影吧？」

「應該說『榮幸欣賞』吧？」

「是的，榮幸欣賞彩子小姐的電影。所以那部電影沒有任何玄機吧？」

「嗯？」水樹彩子詫異詢問櫻。「玄機？什麼意思？」

「戶村大人曾經認真懷疑彩子小姐是凶手。」

「以為我殺害源次郎？荒唐，我哪有辦法殺他？」

「是的，我當時也這麼說。但依照戶村大人的推理，使用某種詭計就可以。」

流平慌張搖手否定。

「不不不，我當然不是認真的，只是述說這種可能性。」

「不，您當時相當認真，連我也被您說動。」

「沒那回事啦！」

「喔，這樣啊……」水樹彩子咧嘴笑咪咪注視兩人。「但我不懂。我使用哪種詭計就能殺害源次郎？我就洗耳恭聽流平的推理……不對。」

水樹彩子忽然不再說話，以犀利目光看向月臺盡頭。她要搭乘的電車，正從鐵軌的遙遠另一頭現身。她遺憾地搖了搖頭。

「看來沒空聽你推理了。沒辦法，我在旅行途中自己想吧。」

三節車廂的普快電車進站，廣播告知將停留三分鐘。流平與櫻幫彩子搬行李到座位之後下車。彩子在車窗另一頭開朗揮手，卻忽然像是想起什麼般，打開車窗向流平招手。

「怎麼了？忘記什麼東西嗎？」

「對，我忘記一個重要的東西。我的車就這麼停在站前停車場，忘記處理掉。」

「咦咦咦！現在才講這種話，根本來不及吧？」

「沒辦法了。」彩子將一把鑰匙遞到流平面前。「這是車鑰匙，我回來之前就交給你保管，隨你怎麼用。知道我的車是哪一輛吧？」

「B、BMW……對吧？」

「對。不過，我有一個條件。」

彩子抓住流平肩膀拉過來，在他耳際迅速低語。

「要帶櫻去兜風！」

宣告發車的鈴聲，如同等待彩子說完般響起。

「流平，拜託囉！」

「知、知道了。」流平拿起保管的鑰匙，點頭回應。

「櫻，保重喔！」

「好的，也祝彩子小姐一路順風。」櫻的雙眼似乎有些溼潤。

水樹彩子露出華美的微笑，朝兩人輕輕揮手。

鈴聲響完，電車滑動般駛離月臺。

流平與櫻一直佇立在月臺，注視著電車緩緩遠離。

逆思流

不適合交換殺人的夜晚

（原名：交換殺人には向かない夜）

作者／東川篤哉　譯者／張鈞堯
榮譽發行人／黃鎮隆　總經理／陳君平
協理／洪琇菁　國際版權／黃令歡
執行編輯／呂尚燁　美術主編／李政儀
企劃宣傳／楊玉如、洪國瑋
出版／城邦文化事業股份有限公司　尖端出版
台北市中山區民生東路二段一四一號十樓
電話：（〇二）二五〇〇七六〇〇　傳真：（〇二）二五〇〇二六八三
E-mail：7novels@mail2.spp.com.tw
發行／英屬蓋曼群島商家庭傳媒股份有限公司城邦分公司
尖端出版　行銷業務部
台北市中山區民生東路二段一四一號十樓
電話：（〇二）二五〇〇－七六〇〇（代表號）
傳真：（〇二）二五〇〇－一九七九
讀者服務信箱：sandy@spp.com.tw
中彰投以北經銷（含宜花東）／楨彥有限公司
電話：（〇二）八九一九－三三六九
傳真：（〇二）八九一四－五五二四
雲嘉經銷／威信圖書有限公司　嘉義公司
電話：（〇五）二三三－三八五二
傳真：（〇五）二三三－三八六三
南部經銷／威信圖書有限公司　高雄公司
電話：（〇七）三七三－〇〇七九
傳真：（〇七）三七三－〇〇八七
客服專線：〇八〇〇－〇二八－〇二八
香港總經銷／城邦（香港）出版集團有限公司
香港灣仔駱克道193號東超商業中心1樓
電話：（八五二）二五〇八－六二三一
傳真：（八五二）二五七八－九三三七
E-mail：hkcite@biznetvigator.com
馬新經銷／城邦（馬新）出版集團　Cite(M)Sdn.Bhd.
E-mail：Cite@cite.com.my
法律顧問／王子文律師　元禾法律事務所
台北市羅斯福路三段三十七號十五樓
二〇一三年七月一版一刷
二〇二二年一月二版一刷

版權所有・翻印必究
■本書若有破損、缺頁請寄回當地出版社更換■
《KOUKAN SATSUJIN NIWA MUKANAIYORU》
by Higashigawa Tokuya 2010
All rights reserved.
Original Japanese edition published by Kobunsha Co., Ltd.
Complex Chinese publishing rights arranged with
Kobunsha Co., Ltd.
through AMANN CO., LTD

■中文版■

郵購注意事項：
1. 填妥劃撥單資料：帳號：50003021戶名：英屬蓋曼群島商家庭傳媒(股)公司城邦分公司。2. 通信欄內註明訂購書名與冊數。3. 劃撥金額低於500元，請加附掛號郵資50元。如劃撥日起 10～14日，仍未收到書時，請洽劃撥組。劃撥專線TEL：(03) 312-4212 ・ FAX：(03) 322-4621。E-mail：marketing@spp.com.tw

國家圖書館出版品預行編目資料

不適合交換殺人的夜晚 ／ 東川篤哉 作 ; 張鈞堯 譯. / . --二版. --臺北市：尖端出版, 2022.01 面 ; 公分. --(逆思流)
譯自: 交換殺人には向かない夜

ISBN 978-626-316-376-8(平裝)

861.57 110020185